KB011210

나건주 시집

섬을 품다

바다는 섬에서 안식을 얻고

하얀 파도를 키운다

나건주 시집

섬을 품다

문학
의식

시인의 말

화가 소설가는
地上의 현실에 발을 딛고 살지만
시인은 天上의 구름 속에 멋대로
집을 짓고 살아갑니다

열다섯 새끼 섬, 품고 있는
자연의 섭리 심오한 말씀 가득한
소요유(逍遙遊)의 땅 강화도,
붕(鵬)새가 되고, 곤(鯤)이 되어
하늘을 날고 바다를 누빕니다

섬에서 하얀 파도를 키워온
늦깎이의 명함, 자서전 같은
이 詩集이 하필, 〈코로나19〉
백신이 되었으면 좋겠습니다.

2020년 봄, 고려산 아랫마을 국화리에서
나건주

축하의 글

강화 고려산 아랫마을 국화리에서
나건주 시인이 국화꽃을 피웠습니다.
자그마치 아흔 송이의 국화꽃을 피웠습니다.
송이 송이마다 다 다른 향기를 지닌
그만의 국화꽃을 피웠습니다.

축하드립니다.

이미 일상에 성공한 분이 늦가을 국화꽃 나이에
새로운 일에 도전한다는 것
그 자체가 경이로운 일입니다. 그리고
무한한 노력과 인내로 새로운 도전에 성공하였습니다.
태권도로 몸의 관을 쓰고 시로 정신의 관을 썼습니다.

이제, 명실공히 시인으로서
다양한 꽃향기로 독자들의 마음을 순화시키고
삶에 보탬이 되는 많은 꽃을 피우시기 바랍니다.

시인 朴瑞惠

차례

시인의 말
축하의 글

제 1 부, 귀촌의 노래

제 2 부, 섬이 수상하다

제 3 부, 가난한 보시(普施)

제 4 부, 볼록거울의 노래

1 부

귀촌의 노래

귀촌 歸村

나의 품새*를 거두고
옹달샘 시심을 주셨습니까
여인네 가슴처럼 평온한
섬 그늘도 주셨지요

도심을 떠난 강물
심연을 다스리는 자세로
흐르는 가슴에 피가 되고
넘치는 정신의 꿈이 되어
문수산성을 돌아 강화대교
노을 속 삼매경에 젖어
염하**에 뛰어듭니다

생명체들 가득한
비우고 채우는 갯벌의 섬
강화도는 내 어머니의
평온한 가슴이었습니다

*품새 : 태권도의 공격과 방어 기본 연속 동작.
**염하(鹽河) : 강화와 김포 사이의 강화해협.

바다의 꽃

바다의 소망으로 태어난 '섬'
강화 바다가 섬이 없는 망망대해라면
황량한 격랑의 물길을 건넜을까

석모도 볼음도 교동도를 돌아
고려산 진달래의 연분홍 소망으로
아랫마을 국화호수* 저만치 둥지를 틀어
바다와 나는 섬에서 안식을 얻고
생(生)을 충전 하얀 파도를 키운다

파도 타는 하얀 갈매기처럼
상리공생**하는 조개와 게의 인연처럼
채우고 비우는 들물과 썰물처럼
섬에는 문학의 꽃, 시(詩)가 있다

*국화호수 : 강화 고려산 아래 국화리의 국화저수지.
**상리공생(相利共生) : 서로 이익을 얻고 있는 관계.

황해여인숙

자연과 역사가 공존하는
강화도 안에 또 하나의 작은 섬 볼음도
마을 어귀까지 들어온 바다
해풍을 막아선 방풍림 석양을 품었고

홍수에 떠밀려와 뿌리내린
모진 해풍 견뎌낸 팔백 살 은행나무(♂)
하염없이 서해를 바라보며
맺지 못한 시간의 열매를 기다린다

6·25 때 피난 온 새댁, 노파가 되어
빨래를 널다가도 북녘 하늘 구름만 바라본다
폐업한 이미 몇 십 년 아직도 떼지 못한
빛바랜 엽서 황해여인숙 32국 6881

뒤따라온다던 임 기다리시는지

찌꼬빠꼬방앗간

강화 토속 풍물시장
대를 이어온 꼬순내 참 들기름 방앗간
여주인의 해바라기 꽃 같은 미소도
톡톡 티는 강화 사투리도
찧고 빻아 맛깔나게 부드럽다

가을 깊어가는 섬마을 정서를
산초열매* 한 됫박과 찌꼬빠꼬 눌러 짜면
구수한 시구(詩句) 졸졸 흐르겠지

학창 시절 문학소녀였을 여주인에게
앙증맞은 간판의 시 '찌꼬빠꼬'를 건넸더니
가게 홍보 고맙다며
산초 기름 품삯 손사래치네

*산초열매 : 분디라고도 하며 기름 및 천식, 가래약용.

느티나무 부부

강화조약을 맺었던
비운의 정자 월곶돈대 연미정*
해협을 품은 600여 년 느티나무 부부
저항의 바다에 한(恨)이 맺혔는지
핵시설 요새가 보이는지
평화 통일을 염원하고 있는지
북녘 송악산을 하염없이 바라본다

은근히 부아가 치미는 광복
미·소 군정이라는 분단의 신탁통치
푸른 눈 그대들은 70년 고통을 아는가
그 원인을 제공한 야욕의 일제는
사죄하는 진정성을 독일에서 배우라

유도**를 사이에 두고
남북을 가르는 강화해협 조강***이여!
나를 버릴지언정 시퍼런 총부리 겨눈 물길
이제 그만 멈추어다오

*연미정(燕尾亭) : 강화읍 월곶에 있는 고려 시대의 정자.
**유도(留島) : 한강 최 하류 남북한 사이의 작은 무인도(우도라고도 함)
***조강(祖江) : 한강과 임진강이 만나는 하류 끝 물줄기를 일컫는 이름.

노을빛 얼굴들

강화도 외포항을 돌아 석모대교를 건너 한 시간 남짓 뱃길로 짭조름 물살을 헤쳐가면 갯벌을 보듬은 노을빛 섬들을 만나지. 육지의 장사꾼들 「주문도」에 주문받으러 갔다가 「아차도」에서 아차! 하면 풍랑을 만나 발이 묶여, 보름 동안 「볼음도」 황해여인숙에서 묵어가곤 한다네.

오뉴월 볼음도 마른 갯벌에 차오르는 들물을 바라보면 어찌 소주 한잔 생각 아니 날까. 밴댕이와 전어, 백합과 상합, 은빛 자태의 숭어들이 술꾼들을 팔백 살 은행나무 아래로 불러 모았다. 풍랑에 발 묶인 술잔들 오가는데, 하염없이 서해를 바라보며 팔 벌린 은행나무 까치둥지엔 설익은 살굿빛 노을 설핏하니 껴있네.

게와 조개

　조개와 게는 어떤 사이일까? 강화섬 볼음도 갯벌에는 '백합과 상합'이란 조개가 많다. 게는 조개의 입속을 들락 날락 입속에 낀 찌꺼기를 먹어 치우는 착한 청소부이고, 조개는 입안에 든 게를 먹이사슬로부터 안전하게 보호해 주는 유모라네.

　조개가 입속에 작은 게 한 마리 키워내지 못하면 결코 상합은 될 수 없지. 조개를 삶거나 구웠을 때, 그 입속에 '게'가 들어있으면 '상합'이요, 없으면 '백합'이라네.

　하여, 조개와 게가 지혜롭게 상리공생(相利共生) 하는 아름다운 인연의 사랑처럼 나도, 독자들의 사랑을 받을 수 있었으면.

고려산 두견새

산문의 계곡 청련사를 뒤로
고려산 능선 따라 정상에 오르자니
겨우내 언 가슴 열어젖히고
연분홍 진달래 정념을 토한다

두견새*의 피울음인가
촉나라 망제(亡帝)의 원한인가
계모구박에 죽은 계집아이 혼령인가

귀촉귀촉 울고 간 두견새
두견화의 한 서린 전설은 슬퍼도
화전에 두견주 한잔 알싸하니
연분홍 새색시 알몸 같더라

*두견새가 귀촉귀촉(歸蜀) 우는 것은 촉나라로 돌아가고픈 황제의 넋이라 하며,
피를 토할 때까지 운 두견새의 피가 진달래꽃이 된 망제(亡帝)의 원한이라 한다.
우리의 전설은 계모 구박에 죽은 여자아이의 혼이 진달래꽃으로 피었다고 한다.

국화저수지에서

창포꽃 터질 때
선녀 내려와 머리 감고 갔는지
백로 부부 외발로 서서
지난 잘못 참회하고 있어선지
물이 참 맑다

지난 '가뭄과 메르스 재앙'
살풀이춤으로 진정 하늘에 고하는데
선경에 든 학, 노송에 내려앉듯
달님도 한량무 춤사위 함께하고

어화둥둥~ 어화둥둥~
난타 연주 절정에 달할 때
휘모리장단에 취한 동동거리던 별들
숨 멈춰
북채 따라 쏟아진다

*2015년. 제2회 예민 문화원 전통무용 예술제 낭송 시.

국화리 마을회관
- 이웃사촌

붉은 수탉들 홰쳐 *꼬끼오! 꼬끼오!*
새벽을 호령하면
이웃사촌들 화들짝 깨어나지요

먼 곳 친척보다
급한 일, 좋은 일, 궂은일 용케 알고
부리나케 모여들어요
"어서들 오시겨 아침은 드셨시까."

가슴 풀어내는 얘기 보따리
호주로 시집간 딸, 글로벌 사위 얘기
며느리와 자식 손주 자랑
고구마 순무농사 이러쿵저러쿵

늘 웃음꽃 피어나는 마을회관
사시사철 들꽃 향기 묻어나지요

삼백 살 돌배나무

먼 옛날부터 대가족 식구들
구황양식이었던 저 착한 돌배나무
별 쏟아지는 납작한 함석지붕에
두 갈래 늘어뜨려 꽃망울 터지는 소리
보름달 숨 멈춰 지켜본다

얼마나 좋아했으면
얼마나 사랑했으면
땅속뿌리에서 연리지 되었는지
여인의 가지로 순박한 하얀 꽃 만발하고
사내의 가지로 이파리만 너그럽다

강화도 불은면 삼동암리
심 옹 어른 댁, 저 늙으신 돌배나무
마을 수호신 되어
가지가지마다 활짝 피었으면

*제1회 강화도 배꽃 축제 낭송 시.

늦깍이 시인

촉촉한 봄비에
제법 굵어진 담쟁이덩굴
피안의 담장 아래
과묵한 늦깍이 말 많아졌네

귀촌한 휴양의 섬마을
시(詩)밭에 뿌리를 내렸다고
어떤 극한 상황에서도
넋을 놓아선 안 된다고

적멸보궁에 맡겨둔 채
나를 떠난 자유로움으로
조금씩 밝아지는 품새는
그 무엇보다 긍정적 사고와
악바리 근성이었다고

호버링 hovering*

석양 따라 저수지 둘레길
억새꽃 할아버지 히득히득
갈대꽃 할머니 깔깔깔
코스모스 소녀들 까르르

바람에 이는 꽃잎인가 했더니
망사드레스 펄럭이는 고추잠자리
저마다 둥그런 하트 그려내는
에로틱한 하늘의 오르가슴
여기저기 물수제비 치며
사랑은 이렇게 하는 것이라고

이제 떠나야 할 시간
아쉬움에 맴도는 저 고추잠자리
그 순간의 화두
꼭 붙잡아둘 수 없느냐고

*호버링(hovering) : 헬리콥터나 잠자리가 공중에서 정지한 상태.

전등사에서

― 스님 *抒情*의 문 열어

호젓한 오르막 산사 길
삼보일배 참나무에 오르는 담쟁이덩굴
그윽한 불심에 붉어지고
도토리 알밤 장단 맞춰 튕겨댄다

홀로 앞서가는 갓 삭발한 스님
펄럭이는 장삼 뒷자락에 흩날리는 낙엽
속세의 인연 떨치라 함이런가

툇마루에 꾸벅꾸벅 고령의 스님
부축 산책으로 잠든 정서 깨워드렸더니
적멸의 깨우침 잊으셨는지
불살랐던 이승의 정념 되살아났는지
에두른 정서의 표현이신지

"어이, 바람아~ 바람아~
가다가다 다홍치마 동백 아낙 만나거든
쉿!
설한풍에 오렴아, 가을바람아"

샛별

산새도 들쥐도 잠 못 이루고
달님도 낙엽에 내려앉아 뒤척이는
귀뚜라미 울어대는 끝자락의 밤
저 높고 넓은 정원에
작은 별 하나 심겠다던 창백한 그녀
아스라이 깜박깜박

휴양

코스모스 하늘하늘 호숫가
서정을 그려내는 흠뻑 빠진 고추잠자리
가을 묶어두려
빙빙 제자리만 맴도는가

빈손 꼭 쥐고 왔다가 주머니도 없는
수의 한 벌 걸쳐 입고 외로이 가는 것을
그쯤에서 뒤 한 번 돌아보오
만족할 줄 모르는 욕심 많은 주머니
여비만 남기고 가볍게 사시구려

부와 사랑 명예도 몸 성해야 지키더라
사랑한다고
가족이라고
대신 아파 줄 수 있을까

점철(點綴)된 잡다한 번뇌
마음 다잡아 비워보지만, 저 드높은
청명한 하늘처럼 비울 수 없네

겨울 안부

서사시 같은 손 편지 울컥했네
하지만, 염려하지 마시게
살갗을 에는 추위가 밀려와도
이곳 인삼 막걸리 한 잔에
옷 하나 더 껴입으면 된다네

춥고 더워야 꽃을 피우 듯
아픔과 외로움도 있어야
진정한 인생이라 할 수 있잖은가
운명이란 다람쥐 쳇바퀴 속
맴도는 그림자 같은 것

나를 떠난 자유로움으로
적멸보궁에 맡겨두고 왔으니
춥지도 외롭지도
생사(生死)의 두려움마저도
마음 편안하다네

폭설 暴雪

눈꽃 흩어질 듯 휘어지는데
콩알만 한 텃새 푸드득 은빛 털어내고
심상찮은 멧비둘기 폭설에 구애도 아니련만
그리 슬피 울어오느냐

서러워마라
외로워마라
아파하지도 마라

슬픔은 더 긴 기다림을 낳고
한 서린 독백은 삶을 더욱 아프게 하느니
차라리 텃새와 고라니 넘나들며 달님 쉬어가는
내 뜰 안 창가에 둥지를 틀어

너의 그 세상사 빗나간 회한과
세월보다 앞서버린 어스름한 나의 푸념도
넘어설 수 있을 거라고

겨울 바다를 잡다

하필 낚시 물때에 맞춰 밤사이 내린 도둑눈*이지만, 이미 내 머릿속엔 명태만 한 망둥이가 가득 잡혀 있다. 온통 은빛으로 덮인 망월돈대, 석축 아래까지 들어온 겨울 바다를 낚으려 가볍게 던졌으나 바다는 긴장을 풀지 못한다. 낚싯줄에 수면이 베일 때마다 버둥버둥 망둥이 퀭한 눈 애처롭다. 씨알 좋은 망둥이에 손맛을 느끼고 술이 고파, 릴낚싯대 걸어 놓은 채 가까이 황청포구로 뛰어간다.

포구 선술집 처마에 내걸린 인어 같은 매끈한 통통녀, 아낌없이 다 내준 깨끗한 뱃속, 마치 풍장을 치르는 광경이다. 저리 착하고 가련한 여인이라면 짜릿한 손맛 사랑만으로 하늘 바다 놓아줄 것이다. 초고추장에 망둥이와 소주 한잔의 맛! 크으~ 강화 바다에 몸을 던지려 했던 「귀천」의 천상병도 느꼈을 것이다. 라면을 기다리는 동안, 몇 마리 걸려있을 망둥이 생각에 "이모님! 저 빨리 가야 하거든요?"

황급히 돌아와 릴낚시를 감아보니 망둥이 두 마리가 웬 스타킹에 감겨 지쳐있다. 오전과는 달리 입질이 없어 바닷속의 갈망과 조바심이 인다. 기다림의 미학을 깨닫고 오라는 것인지 뜻대로 잡히질 않는다. 아마 우리의 삶도 이러하리라고, 생각하는 순간 짜릿한 전율이다. 망둥이의 두 눈이 자폐아 외손주 눈동자 같아 바다에 놔주고 백구 홀로 기다릴 집으로 향하는데, 자꾸만 그 여성용 스타킹이 신경 쓰인다.

*도둑눈 : 밤사이에 내린 눈.

외포항 해송 海松

목피(木皮)는 거북이 등짝이요
솔잎은 아이들 손가락처럼 짤막한 단엽에
수형은 휘어 비틀어진 분재와 같더라

바위 벼랑에 비스듬히 누워
거친 파도 소리에 뒤틀린 가지들
새우 튀는 외포항을 돌아 모퉁이 동산에
오랜 세월 모진 해풍 견뎌냈구나

갯내음 해수면이 그리 좋아
희미하게 해무(海霧) 낀 바위 벼랑에서
한 세상 머리 숙인 날갯짓으로
오가는 여객선 하나 둘, 세고 있느냐

고추잠자리 품새

수수깡과 연꽃이 붉은 것은
수수밭에 동아줄 끊어져
피 흘린 호랑이
연꽃 못에 씻어서라네

어떤 절절한 사유로
연꽃 못, 수수밭을 빙빙 맴돌까
제 몸 붉은 것을 아는가
가을 묶어두려는가

네 품새 조금 알 것 같다

탁란 托卵

하늘 높이 호버링*하는 종달새
보리밭 내려 보며 지지배배 지지배배
얌체 같은 저 뻐꾸기 놈
애써 튼 내 둥지에 알을 낳다니

호주 의료 프리랜서 막내딸
글로벌 사위는 절대 안 된다 했더니
두 살 손녀 앞세우고 나타났네

함께 온, 엘살바도르 뻐꾸기 놈
내 눈치 살살, 몸 둘 바를 몰라 하네
종달새처럼 나도 지쳐 체념했을까

한 둥지 다문화가족 되었네

*호버링(hovering) : 헬리콥터나 잠자리가 공중에서 정지하고 있는 상태.

2 부

섬이 수상하다

재활 요가 yoga

선정(禪定)을 향한 몸부림
아사나* 집중은 커다란 침묵의 세계이며
고요한 강물의 시간이기에
마음과 호흡 하나 되어 유유히 흐른다

초원을 달리는 야생마처럼
훌쩍 뛰어넘는 후골자세**고양이처럼
한 쌍의 유연한 나비처럼

그 끈질긴 날갯짓으로
유연하고 발랄해진 또 다른 나를 만나
아늑한 불국정토에서
야생의 춤 한껏 추어볼 것이다

*아사나 : 인도어로 요가의 강인함을 만드는 체위.
**후골자세 : 담장을 훌쩍 뛰어넘는 고양이의 자세.

해안도로를 달리다

어디든 달리고 싶다
나를 키운 진리가 아닌 길을 찾아
배낭에 빵 한 조각 커피 넣어
자전거 페달을 밟아
머릿속 하얗게 비운 채

가을걷이 들녘을 지나
휘어 돌아가는 해안도로 쉼터
들국화 에워싼 잔디밭에 홀로 커피
국화 향 묻어나고

저만큼 석모대교의 석양
검붉은 파도 아래 참 길이 있다며
온통 바다에 빠져든다
끝 간 데 하늘이 맞닿는 곳
저 불타의 서역만리 수미산*까지

*수미산(須彌山) : 불교의 우주관에서 중심에 있다는 거대한 산.

강화도 소풍
– 섬이 수상하다

1

섬이 수상하다
발칙한 붕새가 되어 하늘을 난다
물고기가 되어 바다를 난다
교동도, 석모도, 아차도, 볼음도, 주문도까지
열다섯 새끼 섬, 품고 있는
강화도 단군왕검과 고려의 나라 4천 년

갈매기 울음이 깔린 여울목을 돌면
억울하게 처형당한 손돌목* 격랑의 물살을 만난다
외포항 주문도를 오가는 새우 튀는 고깃배
격랑에 외아들마저 잃은 홀시아버지가
넋 놓고 바다를 바라볼 때, 따라드린 막걸리는
남편을 못 잊는 며느리의 눈물이었다

2

섬이 수상하다
4천 년 세월 간직한 마니산 참성단에 오르면
춤추는 나비 8선녀도 볼 수 있고
전등사 삼랑성 대웅전 처마 끝에 억겁의 세월

지붕 떠받치고 있는 나녀상은 사내와 달아난
온수리 술집 애인을 저주하며 조각한
도편수의 심보가 그려진다

짭조름 갯바람으로 석모도에 오르면
마애석불 눈썹바위 아래서 부처님 염화미소에
마하가섭처럼 깨달음도 얻을 수 있고
그 아래 어부가 건져 올린 23개 나한님을 모신
우람한 자연 석실은 어머니 자궁 같더라

3
섬이 수상하다
시루미산 능선 풀밭에 우람한 돌무덤 고인돌
돌촉으로 고기 잡고 부싯돌로 불을 지피던
청동기의 선조들을 만날 수 있는 유일한 통로
주문을 외우면 선조들 금방 나타날 것 같네

첩첩이 쌓인 낭자한 숨소리와 혼의 울림들
세월도 사랑도 목숨마저도
출렁출렁 파도 소리에 무너지어 가버렸지만
높은 만큼 푸른 만큼
몽유의 눈에 우뚝 선, 보물섬 강화도라네

*손돌목 : 고려 때 강화도로 피난 가던 임금에게 사공 손돌은 풍파를 피해 가자고
했으나, 의심을 받아 억울하게 처형되었다. 그가 죽은 여울목을 손돌목이라 하였다.

내가 내게 묻다

멋!
진정한 멋을 아는 사람은
모든 것을 포용하는
즐길 줄 알고
아낄 줄 아는 사람이다

멋진 사람이고 싶다
진정성은 아주 단순한데
우리들은 보여주기식 가식과
위선 속에서 헤매고 있다

오체투지 삼보일배
해탈의 수행처럼
큰 빛 서원의 큰 나무처럼
한잎 두잎 나 스스로를
벗어야 하는 것을

뜰 안에 든 고라니

총총한 밤하늘
내 유년의 별사탕인가
귀뚜라미 울어대는
달 밝아 시가 좋은 밤
계수나무 아래 구술 시를 읊는데
선경의 사슴인 양
뜰 안에 든 고라니 눈 마주치자
왈츠 한번 추지 않겠냐며
달빛 별 등에 업고
쓰윽 지나가네

착각

온통 먹는 생각뿐인 창밖에 백구
거실에서 걷고 있는 나를 쳐다보며
혀를 날름날름
오늘도 그 맛있는 족발 주겠지

거참 이상한데,
아까부터 걸어오며 눈도 마주쳤는데
왜, 아직도 안 오지?
꼬리 흔들어 또 나를 쳐다본다

나는 거실에서 나잇살 줄이려고
구슬땀을 닦아내며
러닝머신을 걷고 있을 뿐이었고

예쁜 미소로 다정히 다가오던
그 여선생의 아지 못할 야릇한 눈빛도
그냥 눈인사일 뿐이었는데

물구나무로 서서

두 팔, 땅 짚고 두 다리 하늘 내디뎌
물구나무서면 무겁잖게 들려지는 고려산
팔뚝에 전이된 중력, 핏발 선 눈으로
차마, 저 북녘 송악산을 거꾸로 보련다

산 넘어 핵시설 요새가 보일까마는
집요하게 이어지는 광명성에 이어
화성15호 ICBM, SLBM 미사일
민족 공멸의 달빛마저 숨죽인 산하

핵우산 빌려 쓴 초라한 고령사회
주적(主敵) 없는 우리의 전선
대국 우선주의 경제적 군사적 제재가
혹여, 도발로 이어지진 않을까

하나님께 간절히 기도할 뿐

고우회古友會 엽서

딸내미가 엽서를 불쑥 내밀며 "아빠! 고대 나왔어?"
주방에 마누라 주책없이 끼어든다
"고대는 무슨, 밤새 고스톱 치는 고우회지."
"아빠! 고우회가 고려대학 아니야?"
"너도 중학생이 되면 알겠지만 고려대 고는 '높을 고
(高)'자이고, 그 엽서 고우회 고는 '옛 고(古)'자로서 아빠
청소년 시절 친구 모임이란다. 아빠가 지금은 사업을 하
지만 청소년 시절엔 태권도로 어깨 깡패들도 달아나는 경
기 북부에서 날렸었지. 보이스카우트연맹 직업소년단원과
의정부 미군부대 병사들도 지도했거든….'"
"아빠! 그럼, 영어도 할 줄 알아?"
"그럼, 준비 자세는 말 타는 '기마자세'인데 '호스 모
션'(horse motion)하고 외치며 예령과 동령으로 구령을
했고, 훌쩍 뛰어넘는 고양이 후골 품새를 캐트 모션(cat
motion)하고 외치면 미군들이 아빠를 따라 했단다."
"와! 우리 아빠 태권도 진짜 멋있다."

딸 녀석의 집요함에 진땀이 났다.

백로 白鷺

이앙기로 삽시간에 모내기 끝낸
연녹색 오월 논 자락
하얀 농부는 물에 뜬 빠진 모를 건져
논바닥에 '콕, 콕콕'
먹이 활동하던 백로도 두리번두리번
긴 목으로 논바닥을 '콕, 콕콕'

농부와 백로 고개 들어
하늘의 흰 구름 한번 죽 훑어보고
앞뒤 곁눈질하면서 천 천히, 더 천 천히

그렇다
삶의 깊이를 알기 위해서는
순백의 느린 몸짓을 해야만 하지
저 농부처럼 백로처럼
긴 다리 삼보일배 목줄 읊조려야하지

설산 둘레길 순례하는 고행자처럼

친구가 된 깡패

1

  한탄강 언덕을 거니는데, 뒤따라오는 심상찮은 무리가 있었다. 이를 알아차린 정숙이는 "교범* 오빠! 어떡하지? 쟤들은 우리 극장 매점에 자주 오는 패거리들로 한 명은 버스정류장 차주 아들이며 깡패인데, 우리 뒤를 처음부터 계속 따라왔나 봐!" "왜? 뭔 일 있었어!" 나는 뒤돌아보지 말자며 강물 내려 보이는 물탱크 쪽으로 향했다.

  물탱크 벽에 등을 대고 돌아서자 그들 다섯은 1열 횡대로 앞을 막고서 담뱃불을 빌리자며 시비를 걸어온다. 나는 담뱃불을 밟아 꺼버리고 성냥을 건네주는 척, 우측으로 두 걸음 옮겨 놈들과 대각선 1열 종대를 유도한다. 내 멱살을 잡은 덩치, 큰놈의 명치를 기압과 동시에 내질렀다. 억! 하고 내 가슴에 머리를 기댄다.

  이를 놓칠세라 놈의 좌우 옆구리를 양손 수도로 동시에 끊어 내려치니 푹 고꾸라진다. 이어 두 번째 놈이 뛰어든다. 이때도 대각선을 유지 옆차기로 내 뻗어 차니, 악! 하고 나뒹군다. 남은 세 놈은 순간적 상황에 당황한다. 나는 물탱크 벽을 이용 뒤를 주지 않았고, 다섯 놈이지만 대각선 1자를 유지하니 1대 1이나 마찬가지였다.

이젠 임기응변이다. "형씨가 정류장 차주 아들인 것 같
은데, 이만 끝내는 게 좋을 거야. 여기 정숙이는 무덕관
후배로서 내가 며칠 후, 군에 입소한다고 송별 점심 후,
강바람 쐬러 나온 것뿐이야. 오늘 형씨는 어깨라기보다
여자 꽁무니나 쫓아다니는 양아치 짓이야. 「사랑이란 그
윽한 눈으로 조용히 기다려 주는 것」으로 생각하네."

2

그 후 3년이 지난 1974년 나는 육군 기갑 병장으로 만
기 제대를 했다. 한 달쯤 지난 어느 일요일 오후였다. 정
숙이와 그 깡패가 두 어린애를 안고 와서 하는 말이 걸작
이다. '3년 전, 한탄강 언덕의 그 충고' 사랑을 그윽한 눈
으로 조용히 기다렸더니 고맙게도 아들 쌍둥이까지 주더
라며 손을 내민다. 하! 친구 하자 했네.

*교범 : 태권도장은 관장 아래 사범과 교범을 두었다.

아내

"목욕하고 물 버리지 마세요,"
마음만 받고 절반의 물은 비워
새 물로 채우고 나옴을 아내는 모른다

쌀 한 톨 쉰밥 한 공기 버리지 않고
재욕하고 세탁하는 알뜰함이 있었기에
그나마 오늘의 내가 있음일 것이다

하지만, 그 '천사의 발광'만은 그만두오
뿌리내린 DNA 모태신앙이라지만
한 가정이 피폐해질 그런 변절 종교보다
평범한 영안의 교회 많습디다

젊은 시절 오기 창창했던 내가
에두른 또 한 번의 부탁,
순응하면 꼭 껴안아주고 싶으오

카르페 디엠*

경기지구 청년회장 여러분! 함박눈 같은 시간은 우리를 질투하며 녹아버립니다. 그래서 매 순간 현재를 소중히 붙잡고 살아갑니다.

회원여러분! 조직이든 사랑이든 그 무엇이든 그것을 밖에서 찾으려 하면 갈등의 상황, 안에서 찾고자 하면 지혜입니다.

저는 한국자유총연맹 부천시 청년회장 나건주입니다. 내년을 약속하며 건배를 제의합니다. 제가 '카르페'라고 선창하면 '디엠, 청년!'이라고 힘차게 외쳐 주세요.

*카르페 디엠 : 현재를 즐기라는 뜻.(남한강 연수원에서)

왜가리는

유월 검푸른 논 자락에
왜가리와 백로 지난 잘못 참회하는지
반나절을 외다리*로 고개 숙여
논바닥을 주시하고 있다

자리다툼 왜가리 백로의 세에 밀려
엉거주춤 쫓겨나 후각도 없는지
아침에 농약 살포한 논에서 저 저런!
저 혼자 허겁지겁 먹이활동이다

사촌을 쫓아낸 백로
긴 다리 사뿐사뿐 잽싸게 '콕, 콕콕'
배불리 먹고서 미안한지
긴 목으로 왜가리를 '힐끔' '힐끔'

*외다리 : 백로가 다리 하나 날개 속에 감추고 '외다리'로 먹잇감을 기다리는 것은
물결 갈라지는 소리를 최소화하려는 것이며 먹이를 콕 찍을 때 유연하게 하려는
예령 동작이 아닐까.

그녀의 시에 묻다

『안녕, 프로메테우스』*

읽어갈수록 뜨겁다
남편은 그녀를 펼쳐놓고 시를 쓴다
아니 온몸으로 편지를 쓴다
글자가 뜨겁단다

한 번도 본 적 없는
늘 춥다는 에로틱 여류시인, 헌데
왜, 춥다고 했을까
탐미적 감성이었을까
관능적 시가 더 따뜻했을까

나도 훔친 불 맛보고 싶다
달빛에 언
나목의 속살들이 시리다

슬쩍, 그녀의 시에 발을 묻는다

* 『안녕, 프로메테우스』 : 고경옥 시집(현대시학, 2014)

먹다리값

한참 오른 끗발
연신 '쓰리고'를 때리는데
함께 노는 야바위꾼*
돈을 빌려달라네

재끼빗**은 대줘도
먹다리값***은 안 대준다는
대부님이 떠올랐지만

어이 야바위 친구,
선수(타짜)끼린 곤란하잖나
간만의 끗발 죽어

*야바위꾼 : 교묘한 속임수로 돈을 따는 사람.
**재끼빗 : 노름빛 (전라도 지방 고유어)
***먹다리값 : 술, 음식 또는 기생의 몸값.

가문의 김장

우리 집안은 김장하기 전, 며느리에게
친정 나들이를 다녀오게 한다
친정에 다녀와 기쁜 마음으로 김장을 하면
맛있는 김치가 되리라는 바람이었을 터,

'순결의 하얀 겹겹 치마들 시집가려는지
소금물에 절여지고 있다'

김칫독 통배추 사이사이에 통 무를
듬성듬성 바르게 세워둠은
김치의 맛을 시원하게 하려 함도 있지만
배추는 음(陰)이요, 무는 양(陽)으로서
'사내는 집안 여인을 지키라는 의미이다'

새끼줄 숯을 김칫독에 두른 것 또한
잡귀와 세균을 막으려는 부적 의식이다

거미

비바람을 고려해 치밀한 설계로 창틀 귀퉁이에 정성껏 집을 짓는다. 거미에겐 언제든 낮잠을 잘 수 있고 배를 채울 수 있는 사냥터지만, 다른 곤충에겐 죽음의 덫이다. 자신의 뱃속 실과 액을 뽑아 저 혼자 정성껏 촘촘하게 지은 그물망 집이었다. 그물망의 첫 손님은 고추잠자리와 제 몸보다 몇 배도 더 큰 매미 녀석이 걸려들었다. 일주일 정도의 충분한 식사량이다. 먼저 부드러운 잠자리부터 먹어 치우고 만만찮은 매미에게 다가가는데 놈의 저항에 그물망이 터질 듯 출렁거린다.

성격 급한 거미는 더 기다리질 못하고 요리조리 온 힘을 다해 공격을 시도한다. 놈의 최후 발악에 그만 망이 터져, 앗! 창밖 밑으로 함께 떨어지고 만다. 되레 당할 수도 있었다. 휴~우 다행이다. 혼쭐 난 매미는 걸음아 나 살려라 날아간다. 거미가 배만 볼록한 것은 뱃속에 끈 끈이 실공장 때문일 것이나, 집짓기와 사냥도 혼자 하는 것은 사회성 결여의 나눌 줄 모르는 욕심 때문일 것이다. 우리 인간들도 끝없는 그 욕심 때문에 패가망신하는 것을 가끔 보곤 한다.

동면 冬眠

내 나이 90세인 2039년에 동면
냉동인간이 되어 잠자는 62년 동안
지구 온난화가 계속되었나봐

22세기 2101년 5월 어느 날
장미꽃 곱게 피어나듯 깨어나
면도기와 선풍기 코드를 꽂으려 했지만
집안 벽 어디에도 콘센트는 없었어

전자제품은 모두 원격 시스템으로
환자는 내원하지 않고도 영상을 보며
원격 진료하는 시대였고
방문 간호사에 로봇 간병인 시대였지

다가올 150세 시대에
신개발 줄기세포 이식으로 야생마처럼
푸른 초원을 뛰고 싶은 거야

리모델링

　유난히도 긴 여름인가 했더니 날아든 붉은 가을 낙엽은
현실이었다. 나의 심혈관이 30년이나 앞서간다는 사실을 아
내는 모른다. 심장내과 주치의는 보험공단 통계일 뿐이라고
하지만 모를 일이다. 사전에 하나씩 정리를 해둬야겠다. 먼
저 25년 된 낡은 아파트 수리부터 해주자. 혼자 힘들어할
천사의 빛살무늬 아우라가 떠오른다.

　45평 공간의 늙수그레한 살림살이 세월의 때가 덕지덕지
묻어있다. 보푸라기 일어난 바닥과 벽지를 모두 거둬내고 요
즘 유행하는 파스텔 톤 색감으로 화장을 한다. 칙칙했던 고동
색 문짝도 허물을 벗기고 화이트 계열의 필름지로 바꾼다. 천
정과 주방, 화장실 조명을 모두 LED로 교체한다. 빛바랜 커
튼을 새것으로 단장하니 유리창과 벽이 생긋 웃는다. 얼룩진
베란다도 롤러 칠 덕분인지 햇살이 반갑게 들어온다.

　공사비를 절감하려고 가구와 살림을 실내에서 이리저리
옮겨가며 공사를 했다. 숨 막히는 먼지와 고약한 페인트 냄
새에 머리가 아팠지만, 뭔가 새로운 신천지를 향해 허물을
벗고 창공을 날아가는 매미의 상상으로 공사를 끝냈다. 환
골탈태한 실내가 깨끗해져 기뻐할 아내에게 홀가분하다. 이
제 또 무엇을 해야 할까? 하! 나의 심혈관도 문학적 시적
감각도 아파트처럼 싱그럽게 리모델링할 수는 없을까.

시詩 밭

시심 그윽한 울 엄마
그 심연의 가슴 파고들어
여덟 살 늦도록
자양분을 실컷 훔쳤지

그 막둥이는 어미의
시심도 함께 빨았을까
기뻐도 눈물 닦던 어머니
그 감성도 훔쳤을까

귀촌의 섬 그늘
사적인 또 다른 나를 만나
빨간 모자 척 눌러쓰고
엄마의 시 밭에 논다

차이나 볶음 짜장
- 수영장 차이나 맛집에서

『신선한 야채와 해물
입 안 가득히 불 맛이 느껴지는
감칠맛 나는 볶음 짜장
차이나네 차이나』

"저 홍보문구 누가 지었나요?"
예쁜 반달눈썹을 가진 젊은 여주인은
화들짝 미소를 지으며
"당연히 제가 썼는데요!"

『차이나네 차이나』*
"중국 본토 '차이나'를 말하는 것인지
다른 식당 음식과 '차이'가 난다는 것인지
혼합 합성어 참 재밌네요,
여사님! 여고 시절 문학소녀셨죠?
틈틈이 시를 써보시면…"

*차이나네 차이나 : 중국 본토 이름 '차이나'와, 우리의 어떤 물체를 비교한 '차이
나'를 재치 있게 표기한 혼합 합성어.

체중계

너는
내 아내와 달리
잔소리도 없는데
너의 눈
정말 무섭구나

코로나 19

인류가 직면한 이 현실을
사탄의 장난이라고만 하시는지요
자연을 경시한 죗값인지
생화학무기 실험 바이러스인지 밝히시고
당신의 고고한 작품인 인간들에게
백신을 주시옵소서

"하나님도 까불면 나한테 죽어"라고
세상을 비유한 별난 목사의 에두른 언행에
저도 화가 났습니다만, 하오나
신종 코로나가 사탄의 미친 장난이라면
백신을 준비해두셨어야 했습니다

현재 중국 사망자 2천4백 명을 넘어
확산되는 대구의 신천지 「교회」를 보십시오
하나님은 정말 있기나 한 것입니까
내가 믿고 따를 때 내 안에 계심을 믿습니다
하루빨리 백신을 주시옵소서

2020. 2. 23

3 부

가난한 보시(普施)

봄은 뚝배기에서

냉이 달래 쑥
한 줌씩 다듬어 겨울 씻어내면
온통 가득한 봄 내음
옛 생각 절로 나네

뚱딴지 구워 먹고
송기 꺾어 벗겨 먹던
추억의 보릿고개

한 알 박하사탕
손에 꼭 쥐여 주고 뛰어가던
단발머리 그 누나

아마 지금은
르네상스풍 중후한 머리에
흰 서리 내렸겠지

산수유꽃 핀 봄날

마당 앞 개천이 온통
황금빛으로 물들어갑니다

노란 술독에 빠진 것처럼
산하의 맥박이 뛰고 혈압도 오르고
황사 먼지 뿌연 유리창도
나의 속살도 노랗게 젖어갑니다

해풍으로 겨우내 메말랐던 가슴들
응어리진 사랑이 잠에서 깨어나
서럽게 울고만 있진 않을 것 같습니다

발기한 노란 꽃망울들
소녀처럼 빠방하게 부풀어 오릅니다

그대는 산수유, 나는 꿀벌

함박눈과 봄꽃 사이

모든 경계에 꽃이 핀다[*] 했는가

동백나무에 목화송이 사뿐
장독대에 양털 수북이
하늘의 언어
하늘의 음악
세상을 덮을 줄 아는 순결
세상을 녹일 줄 아는 지혜

함박눈 쌓여 쌓여 다독여 녹여
새봄 오는 듯 온 듯
그 사람도 살며시 와있는 듯

홍매화도 피고
동자꽃도 지천일 테고
복수초도 꽃망울 터뜨리겠지

*함민복 시인의 시집 이름.

난초도 꽃 피웠거늘

인생과도 같은 야생 난초
'그늘 물 자주 주면 이파리만 무성할 뿐'
꽃을 보기란 여간 쉽지 않기에
인위적으로 발화 작업을 시작한다

그늘막을 걷어 직사광선을 쪼이고
정기적으로 주던 물을 단수하여 고통을 주면
죽기 전에 후세를 남겨야 한다는
자연 보존 생명의 본능에 따라
산모의 도드라진 유두처럼 살며시 밀어 올린다

기분 좋은 어느 날, 고고한 자태
한국춘란 황화소심 꽃잎에 맺힌 영롱함은
산모의 뿌듯한 눈시울과 다를 바 없거늘
금지옥엽 부모 그늘에 기생, 중늙은이 되려는가

탈-사회구조의 부모님들과 자녀들이여!
야생 난초에서 지혜를 터득했으면

봄 타는 아내
– 선수와 명감독

아내는 봄을 심하게 타는 중
파란 하늘만 봐도 괜히 눈물이 나고
싱숭생숭 허전해 짜증난다네

농수로 둑길에 콧바람
싱그러운 봄 내음 냉이 달래 쑥
바구니에 가득 채우고
"자기야,
저 봄! 참 예쁘다 그지 이?"
"응, 모텔 이름이 봄이네!"

아침햇살 가득한 방안
"자기 왜 그랬어? 진짜 선수 같아!"
"아냐, 당신이 명감독이야."

아내는 세로토닌*을 채웠다

*세로토닌 : 뇌 속 신경 전달 물질로, 충동을 조절해주는 감정 '행복 호르몬'이라
고 불린다.

꽃바람

바람에 흔들리며 피는 꽃
바람에 흩날리며 지는 꽃
꽃이 고운 건 바람 때문인가

춘삼월 두벌잠*에 깨어
처연한 함박눈인 줄 알았는데
꽃바람 두둥실
흩날리는 벚꽃이었다

용흥궁을 돌아 북문 오르는
벚나무 터널에 꽃비 내려 하얀데
차마 여린 꽃잎 밟을 수 없다며
뒤꿈치 들고
잘록한 허리 씰룩쌜룩

여류시인의 흰 갈색 머리에
속절없이 흩날린다

*두벌잠 : 아침에 깨었다가 다시 드는 잠.

동백꽃

툭 툭 송이 째 떨어지는
온몸 던진 체념의 꽃이지만
아직 선홍빛 생기 그윽한
다 피지 못한 저 안타까움이여!
죽어가면서도 화사함은
못 잊을 이승의 정인 것을

초대받은 봄

선운사 동백 담장을 돌아
무거운 번뇌와 고뇌가 들려온다
삭발한 님 어이하랴
툭 툭 떨어지는 체념의 꽃

인연 따라 강 따라
아우라지 풍천장어 선운산 복분자주
내친김에 천혜의 절경
격포 채석강에 번뇌를 풀어내고

초대받은 남원 춘향골
변 사또와 춘향이의 동동주 한 사발에
요천강 벚나무길 꽃비 맞아 걷자니
늘어진 꽃가지 쉬어가라 붙잡네

진달래꽃

연분홍 립스틱 짙게 바르고
깡마른 맨몸 달아올라 몸부림치는 그녀
온통 꽃 먼저 드러내어 유혹하네

고려산 정상에 설렌 가슴 풀어놓고
참꽃* 따 아 넣은 두견주 한 잔의 전망대
굽이굽이 능선 불태워 올라온다

꽃샘바람 꽃잎 파르르
하늘 내려와 해님도 고라니도 뛰어들어
제 생각 놓치지 않는 저 야생의 춤

햇병아리 주둥이 뾰족거리는
철쭉 꽃망울에 새벽이슬 맨몸일지라도
차갑지 않을 것이다

*참꽃 : 철쭉꽃과는 달리 식용으로 먹을 수 있어 진달래꽃을 참꽃이라 한다.

억새

고려산 낙조봉 능선에
온몸 서걱대며 우는 남자를 본 적이 있는가
아픔이나 슬픔도 서로 어울려 기대면
저렇게 아름다운가
생이란 낮은 지상에 발목을 묻고
그렇게 흔들리는 것이라고

가난한 보시 普施

　마당 앞, 개울 건너 이웃집 납작한 함석지붕에 깍!
깍깍! 까치 부부, 주렁주렁 홍시를 지켜보며 입맛을 다신
다. 흰 구름 걸머진 고려산도 그 풍경을 바라본다.

　어릴 때 형과 나는 홍시를 따려고 감나무 가지에 오르
곤 했는데, 그때 어머니는 다는 따지 말고 몇 개 남겨두
라 하신 것은 까치들에게 베푸는 보시였다.

　또한, 당신의 아들이 감나무 꼭대기에 오르다가 가지
찢어져 다칠까 봐 그랬을 것이다. 아니면 좋은 소식 들으
려고 홍시로 까치를 유인했을지도 모른다.

　노을빛 석양에 더욱 붉어진 몇 개뿐인 홍시, 소슬바람
이 달랑달랑 흔들어댄다. 저 저런! 두 무리의 참새 떼가
까치보다 먼저 후두 룩 후두 룩 날아드네.

담쟁이 송주 松酒

얼키설키 호흡마저 괴롭혀
해송을 칭칭 감아 오르는 담쟁이
송진 빨아먹는 흡혈귀다

그 넝쿨로 빚어낸 '담송주'
송진과 알코올, 보드카 되었는지
식도를 지나 뜨거운 가슴 그려낸다

오선지에 음표를 그리듯
시구(詩句)를 따라 음률을 넣는데
A4 용지 뜨겁다며 오그라든다

신이 점지한 보약이며 시상이다

품새 여행

캐나다에 이주한 태권 프리랜서 후배의 전화
"방금 귀국해서 언니 집에 가는 중인데요,
선배님! 품새단련 MT 여행 안 가실래요?"
문득, 그녀와 회억이 물수제비처럼 떠오른다

그녀의 일여(一如)* 사상, 만(卍)**자의 품새는
초원의 야생마, 훌쩍 고양이, 때론 나비였다
아쉬움을 뒤로한 출국 공항
서로의 영역을 존중하자며 손 흔들었지만
속내는 가지도 보내지도 못하였다

그녀를 대신한 국내 언니의 전화
"홍 사범, 엊그제 캐나다에서 국제결혼했어요."
"네?! 보름 전 출국했는데 무슨 말씀인지…."

아! 왠지 석연찮았던 그녀, 오로지
제 마음만 털어내려는 혼전 여행이었구나

*일여(一如) : 태권도에서 몸과 마음 하나 되는 고단자 품새.
**만(卍) : 태권도 회전 품새 本, 體, 用 일치하는 무아의 경지.

사업은 드라마다

차기 년도 자재 확보와 제작 일정을 계획하려, 거래처 건설사의 아파트 공사 물량을 확인했다. 아직 마땅한 용지(땅)를 매입하지 못했다는 똑같은 대답이다. 나는 사무실에 돌아와 부동산을 뒤졌다. 규모에 맞는 작은 부지는 단가가 높아 맞질 않고, 값이 싼 땅은 면적이 너무 커, 회사 규모에 비해 너무 방대했다.

나는 건설사의 가구 제조 협력업체로서 거래처 두 분 대표를 사무실로 모셨다. 서로 초면인 두 분을 소상히 소개한 후, 지적도와 가 도면을 펼쳐놓고 큰 땅을 공동매입 50%씩 합병 공사를 권했다. 두 분 대표는 두 회사의 중간 역할과 조율이 필요하다며 각 1.5%씩 3% 지분으로 임시 합병 본부장에 참여하란다.

두 회사 체질이 달라 결코 쉽진 않았지만, 최선을 다했다. 모델하우스에 의한, 선 분양이었고, 현장에서 자잘한 안전사고는 있었지만 큰 문제는 없었다. 그 결과 2천200세대 싱크대 및 옵션 가구와 3%인 66세대 이윤도 받았다. 무엇보다 일을 스스로 창출했다는 자부심과 돈보다는 드라마 같은 성취감이었다.

방울 토마토

저 끈질긴 넝쿨의 힘
오르고자 하면 길이 있다며
외벽에 묶어준 노끈 사다리 감아 올라
2층 창까지 방울 토마토꽃

뾰족한 노란꽃 주둥이 삐악삐악
급기야 새빨간 알 심장 불, 켜 들고서
요리조리 거실 안을 훔쳐보네

방충망 밀어제쳐 아파할까
방글방글 하도 예뻐 나는 못 따네
거실 창문 열고 여름을 따는
아내와 손녀 손주도 탱글탱글

유정란 여사

마니산 참성단*에 올라
춤추는 나비 8선녀 하도 예뻐
멋진 인증사진 담았더니
참성단 기운 함께 따라왔나

왕성한 원초본능의 욕구
개다리소반에 쌈채와 된장국
프라이팬 안에 곱게 피어난
두 송이 망초꽃**

하얀 망사드레스 두른
노란 황금빛 좌우 젖가슴은
내 즐겨 먹는 반숙 프라이
유정란 여사였다***

*참성단 : 강화 사적 제136호 단군제를 지낸 제천 단.
**망초꽃 : 달걀, 반숙 프라이는 망초꽃과 같았다.
***유정란 여사였다 : 달걀은 무정란이 아닌 유정란이었다.

강화 속노랑고구마

– 섬마을 색정녀

온통 구수한 내음에
이웃 남정네들 용케 찾아든다

참나무 장작불 이글이글
날름거리는 파란 불꽃
정서적 감성의 한계를 넘어선
뜨거운 감정 농도로
하얀 겨우내 몸부림치는
'섬마을 색정녀'

앗, 뜨거!
후우~ 후~ 뭇사람들의 입맞춤
뜨건 사랑 받을래요

복숭아를 먹다가

어느 종교의 막강한 교주는
창세기 선악과를 복숭아라 했고
뱀을 사탄이라 했는데
뱀이 좋아하는 복숭아를 교인들에게
먹지 못하게 했다
그 복숭아를 나는 무척 좋아한다

내 눈을 빼앗은 황도복숭아
탐스런 노란 솜털 엉덩이
앞뒤로 둥글게 이어진 좁은 길 따라
불그스레 두툼이 붉거진 음부
그 골진 좌우 사각사각
중앙의 영롱함은 차마 남겼지

나도 절반은 사탄인가

탈옥수와 과부

80년대 탈옥한 무기수가 월북하려 임진강을 헤엄쳐 넘다가, 급물살에 강화해협으로 떠밀려와 억척스런 과부에게 구사일생 발견되었다. 과붓집에서 두문불출 부부처럼 지내다가 지금은 막배로 바다일하며 살고 있다.

"우쩌다가 임자한테 들켜 갖꼬,
갯바위에 찰싹 하세월 붙어사는 석화 같은 내 팔자
이 우짜믄 좋노."

"보리문뎅이 술 쳐 묵었나,
이제 와서 뭐라카노? 벌써 다 잊었뿐나!
자꼬 그라믄 확 신고해분데이."

"차~암~ 내
그냥 내를 잡아 묵을라카네."

새벽 전화

　새벽녘 불길한 전화벨! 심장 합병증과 당뇨에 시달리는 친구였다. "여기저기 너무 아파 한밤중 산에 왔는데 세상 너무 힘들어서 확 뛰어내려 죽으려고 해." 순간 장난이 아님을 직감, "야잇 친구야! 그게 우리의 삶이야. 다들 겉으론 괜찮아 보이지만, 나는 고통 속에 살고 있어 금방 갈게 기다려, 우리 산새처럼 함께 날아가자."

　전화를 끊고 원미산 가까이 사는 역곡동 친구에게 먼저 전화로 알렸다. 촌각의 상황을 이해한 친구는 어스름 원미산 계곡을 단숨에 올라 그 찰나에 친구를 찾아, 산 아래 식당에서 해장술로 달래고 있었다. 순간을 잘 넘긴 그 친구는 딸내미 결혼도 시켜 사위도 얻고 지금은 그 고통을 인생이려니 즐겨 가며 살고 있다.

　죽느냐 사느냐 고통의 괴로움에 몸부림의 형제들이여! 그 순간 「자살」을 거꾸로 읽어보라. 「 ? 」 그리고 일단 하루를, 또 하루를, 3일을 미뤄보라.

　부엉이바위에서 뛰어내리려던 故 노무현 대통령도 한 개비 달라고 했던 담배가 경호원에게 있었더라면 멈출 수 있었던 '운명의 순간'이었는데.

친구의 처

남편 잃고 우울증인 모친을
억지춘향 시설에 맡기고
조상 유산으로 호의호식하며
벤츠 한해에 단 한 번 다녀간다

끝내는 아버지 친구가 나무란다
"부모, '온 효자라야'
자식, '반 효자 된다' 않더냐?
네 아이 보고 배울까 걱정이구나."

꿈속에서도 무심한 남편
"얘들 잘 살아 다행이니 이녁은 이제
다 잊고, 마음 편히 사시구려."

꿈을 깬 노모 그만 언어를 잃었고
달포쯤 후, 부고가 왔다

마스크mask 문화
– 타인을 배려하는 지혜

부천역사 대합실
흑색 흰색 입마개를 쓰고
쏟아져 나오는 심각한
침묵의 로봇들

거리에도 마스크 문화
온통 수려한 입마개를 쓴
도발적인 저 눈매의
긴장한 로봇들

지인을 만났어도
악수하지 않고 눈인사에
팔등으로 터치하는
현명한 로봇들

미세먼지와 코로나
동시 해결하는 마스크
타인을 배려하는 지혜로
확산을 막았으면

유돌이와 백구

섬마을 강화 전원주택
유기견을 유돌이라 명명하여
발발이 너를 내 집에 품었었지
불쌍하다고 너무 어리다고
맘껏 뛰어놀게 자유를 준다는 것이
천방지축 너를 죽게 했으니
구속된 자유가 사랑이었구나

묶여있는 진돗개 백구는
네가 안 보인다고 끙끙대며
가슴 파고들어 마음 아프단다
자유도 구속도 편치 않구나
열흘씩 밥 안 먹고 속 태우느냐
백구 너마저 가고 나면
내 집엔 네 동족은 없을 것이다

4 부

볼록거울의 노래

볼록거울의 노래

인색하다 야비하다 소문난
몰인정한 그의 영정 앞에 안타까워하는
그 누구 아무도 없다

빌딩 주인, 땅 부자, 약사였던 그는
곳곳에 투시하고 있는 볼록거울을 몰랐을까
물질만능 조절 소프트웨어가 없었을까
서정주 〈자화상〉* '바람'의 의미를 잊었을까

저런! 그 아들에 그 어머니인가
후처 며느리에게 상복을 벗으라고 생난리다
배다른 자식들 오가는 살벌한 눈빛에
영정 속 얼굴 괴로운지 찡그린다
조문객들 가슴 요글요글 하다

항암에 머리카락 다 빠졌는지
수건을 푹 둘러쓴 낯설잖은 오직 한 여인
한참을 흐느끼고 홀연히 나간다

*자화상 : 바람이 볼록거울 역할을 하는 성찰적인 서정주 시.

춘몽 春夢

　– 애마의 꿈

준수한 말 한 필 보낼 테니
척추운동 부지런히 하라는 지인의 권유에
자정이 넘도록 만만찮은 마사 관리 생각으로
깊은 숙면, 꿈속에 빠졌을까
타원형 대문 앞에 나타난 '히이힝' 적토마!

"마충은 저의 주인으로는 버겁사오며
여포 또한, 최강의 용장은 틀림이 없사오나
관우와 같은 주군이 아니라면, 차라리
저를 적토마로 판타지 소설화한 원나라 작가
나관중 선생의 종씨인 님이십니다."

하더니, 나의 충실한 애마가 되겠다며
두 앞발 접어 올려 머리를 꾸벅거리지 않는가!

조간신문 오토바이 백구가 짖어댄다

화들짝! 一場春夢이었네

친구를 보내며
– 걱정일랑 마시게

친구여
칠순을 새더니
그렇게
바쁘게도
가시나

나는야
몸 아픈 아내를
놔두고
떠날 수가
없다네

친구여
우리의 아내들
소풍이
끝나는 날
만나세

조문 弔問

　코흘리개였던 내 동무 이렇게 쉽게 가다니, 헹기못으로 가고 있을까? 황천강 요단강을 건너고 있을까? 이 제망(祭亡)의 꽃향기가 반야용선(般若龍船)을 타고 극락에 도달하든, 노아의 방주에서 구원을 받든, 부디 저승에서 평안하기를 바라네.

　애초의 그곳으로 다시 돌아가는 것이니 낯설지는 않을 걸세. 그곳에는 TV도 없고 골프장도 없고 또 누구와 밥 먹을 필요도 없는 곳이라 좀 심심할 것이네. 그래서 휴가를 나올 수도 있기에 휴대폰 번호 바꾸지 않을 테니 꼭 안부 주시게나.

　천당이던 극락이던 강을 건너자면 보름이 걸린다는데, 이 들국화 향기가 견뎌낼 수 있을지 자신이 없다네. 차라리 자네가 즐겨 쓰던 그 폴로 향수를 가져올 걸 그랬나 보네. 하나님, 부처님, 몸주님 부디 친구에게 극락왕생 명복을 주옵소서.

*반야용선(般若龍船) : 불교나 무속의 내세관에서 말하는 극락의 세계로 가는 배. 오구굿에서 망자가 저승 갈 때 타고 가는 배. (동해안 별신굿에서는 반야용선을 대나무 가지로 뼈대를 만들고, 오색 종이를 오려서 붙인 다음, 겉면에 용의 그림을 그려 굿하는 기간 내내 매달아 놓고 마을 사람들은 종이배에 돈을 넣고 빌기도 함)

복지

　요즘 내 꼴이 우습다. 늦깎이 시인이라는 어쭙잖은 정체성을 갖고 70세에 인공연골 무릎 수술로 노년 행세를 하며 수영장에 다닌다. 왕복 전철 요금 무료이고 도시공사 수영장 경로 요금 1,750원에 사우나도 즐긴다. 하지만 정부의 재정과 늘어나는 고령화 시대, 후세대를 생각한다면 경로 나이를 조금 늘렸으면 싶다.

　젊은 시절 한때는 나도 덩달아 부자들을 미워하고 이유 없이 반항했었다. 하지만, 대기업과 중소기업 부유층이 내준 세금으로 지금의 복지를 누리는 것이라면, 부유층에 좀 겸손했어야 했다. 인제 와 지난날을 후회한들 「미꾸라지 이 갈기지」* 무슨 소용일까마는 우리나라 아직더, 다양한 복지향상이었으면 싶다.

*「미꾸라지 이 갈기지」 홍석중, 높새바람에서.

춤추는 저어새

새야, 넓적부리 저어새야
선두리 포구 각시바위* 저어새야
압록강 두만강을 넘나들며
10년을 하루 같이 휘젓고만 다니느라
천년 죽음 화성15호 못 보았느냐

하늘도 숨죽인 근엄한 살풀이춤
도발 없는 평화를 고하는데
선경에 든 학처럼 달님 살며시 내려와
부채춤 한량무 춤사위 함께 하고

저어새 가락에 따라 동동거리던 별들
난타 휘모리장단 절정에 달할 때
숨 멈춰
북채 따라 쏟아진다

*각시바위: 강화 길상면 선두리 別離의 아픔이 담긴 바위.
제1회 강화도 저어새 무용단 발표회 낭송 시.

벽난로 앞에서

롤 커튼 사이 창밖에
간사한 눈발들이 그저 오체투지로
엎드린 채 달려들고

담장 너머 농로와 개울을 지키던
희뿌연 가로등은 웅크렸던 서러움을
희미하게 털어내고 있다

벽난로 앞에 덩그러니 마주한
에스프레소커피 향기
고요한 깨달음의 화두로 다가오고

거실 벽을 뚫은 먹먹한 굴뚝
검은 나비가 된 빗나간 묶은 상념을
꾸역꾸역 토해낸다

하현달

붉은 해는 고려산 하얀 달님에게
국화호수에 잠긴 옛 칠성교 위에서
한바탕 놀아보잔다

둥근달 한 걸음 물러서며
"가까이 오지는 마셔요
내게서 너무 멀어지지도 마세요."
사뭇 일정 거리를 두면서도,

먼 길 찾아온 기러기에게는
호숫가 갈밭 둘레길 환히 밝혀주고
여독에 지친 몸 쉬어가라며
제 몸 한 귀퉁이 선뜻 내어줘
어느새 하현달 되었나

하지만, 패인 가슴 쓱 지워버리고
다시 새살 돋았으면 한다네

반딧불이

풀벌레 우는 어둑한 풀숲 길
낯선 인기척에 놀랐는지, 여기저기
형광 불빛 켜 들고 깜빡깜빡 미중 나온다
황소로 보였는지 손등에 붙어
비릿한 고향의 소똥 냄새 물씬 풍겨오네

유리병에 반딧불 넣고 공부, 장원급제했다는
어릴 적 할머니가 얘기해 주시던 선비 이야기
반짝이는 것들 저마다 꿈이 있어
지상에 반딧불 천상의 별빛을 부러워하는가

세상에 나와 고작 몇 주일 동안 사는 반딧불
하늘 정원에 핀 별꽃처럼, 한사코
꽃별 되겠다는 저 소망의 눈부신 날갯짓

엄마

객지에서 군 영장을 받고 집에 온 나는
"엄마! 내가 몇 살인데 고무대야에 목욕하래?
내일 입대하는데 목욕탕에 갈 거야." 순간
엄마의 형용할 수 없는 눈빛에 그만 맡겨드렸다

"아이구, 이 녀석 때 좀 봐라."
하지만 엄마의 풍 맞은 팔, 힘이 없으시다
"엄마! 웬 힘이 이렇게 세, 아파 아~ 살살해."
"이것아, 팬티도 벗어 사타구니 닦게."
막둥이인 늦둥이는 고무대야에 비스듬히 누워
늘어진 엄마의 젖꼭지를 만지며
"흐흐, 나도 이제 많이 커서 안 되지요~ 오."
"이 녀석 까불고 있어, 손 안 치워!"

다음날 새벽 훈련소행 기차역
"주먹질 말고, 네 형처럼 잘하고 오거레이."

그날의 포옹이 엄마와 마지막이었다

나 병장과 나병장

사무실을 뒤흔드는 전화벨 소리
"넷! 전차 정비과 서무계 나 병장입니다."
"뭐라고? 지금 당장 CP*로 올라와."

근무병 안내로 황급히 들어서는데
새로 부임해온 대대장 내 명찰을 보더니
"자네, 관등성명 다시 한 번 대봐."
"넵! 충성 나 병장입니다."

그런 나를 빤히 쳐다보시더니
갑자기 씩 웃으시며
"하긴 기갑 병장 대단하지만 말이야,
성씨를 붙여서 나병장이라고 해,"
"넵! 나병장 알겠습니다."

그 인연으로 가끔 커피 타임도 주시고
제대하던 전날은 관사로 불러
사모님의 멋진 만찬 정겹고 감사했다

전역 후에도 인연은 계속되어
공장에 전무님이 결재를 받으러 왔다
"사장님, 결재 좀 부탁합니다."
나는 송 전무님의 손을 꼭 붙잡으며
"대대장님!
저와 둘뿐인데 말씀 편하게 하시지요."

전무님은 군 시절 그때처럼 씩 웃으시며
"그런데요. 사장님!
나 사장? 나사장? 어떻게 불러야 하죠?"

"충성! ATMC 34기 나병장 문제없습니다
대대장님 편한 데로 부르십시오."

*CP : 대대장 집무실.

계절의 반란

시우(時雨)를 몰고 온
하늬바람 태양을 밀어내고
산자락 내려오는 단풍

계절이든 사랑이든 마음 설렌다
신이 배려한 땅에 내린 축복

흙도 농부도 쉬어 갈
온통 은빛 눈부신 창가 저만큼
봄! 새봄이 오고 있다

그 사람도

옥玉배추*
– 대만 여행에서

청나라 후궁 서비가 황제 광서제에게
혼수품으로 가져가 사랑을 듬뿍 받았다는
대만의 자존심 옥(玉)배추,
고즈넉이 아우라 내뿜는 취옥백채(翠玉白菜)

한 덩이 천연 옥에 여인을 상징
밑동 백옥에는 하얀 통배추 치맛자락을
윗동 청옥에는 청 배추 이파리에
다산의 의미, 여치를 조각한 걸작이다

하지만, 화가 나 견딜 수가 없었다
그 괘씸한 해설사를 불러
"당신 국적이 어디야!
뭐, 옥배추와 제주도를 안 바꾼다고?"
"아, 제 생각이 짧았습니다."
"그게 다야? 우리 여행객들께 정중히 사과해!"

그 형편없는 해설사는 대만 여성이었다

*옥(玉)배추: 천연 玉에 배추와 다산의 의미 여치를 조각한 대만의 걸작품.

강화도 순무

- 대만 여행을 다녀와서

대만에 그 무식한 해설사는 듣거라
예술작품으론 인정하지만, 어찌 남의 나라
제주도와 안 바꾼다 함부로 비하하느냐

너희 대만에 '옥배추 여인'이 있다면
우리 강화도엔 황토밭 토종 가슴으로
맘 내키면 옥배추를 으스러지게 안아줄
보랏빛 튼튼한 '순무 사내'가 있다

하여,
강화대교만 건너 심어도 제 맛이 안 난다는
강화도 황토밭 보랏빛 혈통 순무를
박달나무에 조각, 자개와 옻칠 예술작품으로
지구촌에 명성을 떨쳤으면

가뭄

논바닥 쩍쩍 거북이 등짝에
개울은 여전히 목말라 혀를 내밀고 있다
저수지 바닥이 드러난 물고기들
깊은 물 찾아 이리저리 맴도는데

관정(管井) 양수 펌프에서
황구렁이 꿈틀꿈틀 밭두렁 지나
논두렁 뚫고 온종일 쎄엑쎄엑 헐떡이다가
한밤중 과부하에 손전등 이리저리
물꼬에 예민해진 농민들 밤잠 설친다

어젯밤 이웃 간에 삽질이 오갔다는
흉흉한 소리도 들린다
귀촌한 나는 이웃들 얼굴 보기 민망하다
하늘 무서운 줄 알고 잘 살라는
엄중한 경고가 아닐는지

장미다방에서

　수요일 오후, 역전 장미다방에 모인 글쟁이들 커피 석 잔을 시켜 놓고, 무슨 시적 연상놀이라나, 상상놀이라나 뻔한 레퍼토리 너스레를 늘어놓는다.

　"여보게들 저 카운터 벽에 걸린 증기기관차를 어떻게 생각들 하시는가?"

　눈꼬리 웃음에 관능적인 여류 수필가, 섬섬옥수 커피잔을 들며 먼저 선수를 친다. "오늘도 커피값 해야겠네! 우선, 시커멓고 육중하며 검은 연기 칙칙폭폭 우렁차니 당연히 꺼뻑할 「남성」이 아니겠어요?"

　이어, 연애소설 좀 쓴다는 뺄떡 게 소설가 고개를 좌우로 젔더니 입에 침을 티며 나선다.

　"자동차는 언덕길을 숨 가쁘게 오르지만, 길게 이어진 기차는 내리막에서 더 애를 쓰듯 끝난 듯 이어지는 「여성」의 오르가슴이 아닐까?"

"오호 그런가! 그럼 나는 남성도 여성도 아닌 고향이라 하겠네. 애환을 내뿜으며 고향을 향해 가을 들녘을 달려가는 작가의 그리움이 아닐는지?"

자신의 어쭙잖은 시를 늘 자화자찬하듯 오늘도 화두를 이어간다.

땅거미 지고 배가 출출해지자 레퍼토리가 슬슬 정치 얘기로 바뀐다. "잠깐만요! 또, 싸울 일 있어요?"

여류시인의 제지에 아들 며느리 손주 자랑으로 화두가 바뀐다. 입술이 마른 글쟁이들 누가 먼저, 술 한 잔 하잘 때를 기다리며 서로 눈치를 보다가 군색한 처세로 다방을 나오는데 거리엔 어스름이 깔려있다.

외포리 수살굿*

동트는 봄, 형형색색의 무당과 마을 사람들
호수(護守) 갓을 쓰고 방울과 부채를 들어
징과 장구 제금 치고 퉁소 불며 바닷가에 도착
무당들은 수살 목** 앞바다를 향해 도무(跳舞)한다

용왕이시여! 내가면 외포리가 지접인데
대동방석 일대동에 각성각본 도와주소
앞 장승 뒷장승 수살 갱이 쫓아주오
시루떡과 건시를 넙죽 받아먹는 용왕님

이때, 난데없이 귓전을 때리는 종소리
산 중턱 교회 확성기에서
"내 주를 가까이 십자가 짐 같은 고생이니
내 일생 소원 늘 찬송하며가" 차분히 들려온다

이에 질세라 장구소리 휘모리장단으로
징과 제금소리도 점점 빨라지고, 용왕님과
하나님의 아우라가 어우러진, 한 판 수살굿
신명(神命)의 처소가 환해진다

*수살굿 : 도당굿은 수살굿으로 시작, 수살목은 외포리 포구에 있다.
**수살목(水殺木) : 동네를 지키는 신성한 것으로 큰 돌이나 나무이며 전염병이 돌
때는 새끼줄을 쳐서 기원하고, 병든 환자의 옷을 걸어 놓기도 한다.

고추잠자리

단 한 번뿐인 사랑이라고
하늘하늘 꽃으로 꾸며준 신방
한나절이나 사랑하고도 모자랐는지
아직도 벌건 고추잠자리
현란한 69 체위 그대로인 채
하늘 닿은 호숫가를 빙빙

황금연못

하늘 내려온 맑은 연못
붉은 낙엽 끌어안은 비단잉어
퉁방울눈으로
동그란 파문의 몸놀림

선녀가 빠트린 물거울에
붉고 노란 제 모습 보았는지
단풍나무 늘어뜨린 가지 사이로
솟구쳐 뽐내며 키재기하네

한평생 물로 씻어 참회하면
저렇게 맑아지고
평생을 꼬리 흔들어 기도하면
저렇게 붉어지는가

몽돌

실개천 자갈들
늘 도란도란 구르며
좁은 물에 기도하는 소리

강가에 몽돌들
늘 둥글둥글 구르며
넓은 물에 참회하는 소리

자갈아 넌 멈추지만 마!
몽돌인 내가 천천히 구르면
언젠간 만나게 될 거야

천년의 세상을 구르려면
매끈한 몽돌처럼
마음의 윤기가 중요하다고

경계의 끈

저수지 갈대밭 둘레 길에
푸드덕푸드덕 청둥오리
나를 피해 자리를 뜬다
흰뺨검둥오리 두리번두리번
경계만 하는 녀석도 있다
기분 썩 좋지는 않다

이렇듯 나도
뭇 군중 속에 들지 않으려
얼굴을 가리는 체면을 더 우선하는
소극적 경향이 있음인가

진보, 보수, 흑도 백도 아닌
모두를 아우르려는 어정쩡 중도인가
그렇다, 아니다, 맞다

무사안일은 기회를 놓쳤다

백신 vaccine

박쥐와 뱀이 나를 노려본다

코로나 19는 자연을 경시한 몸 보신주의와
생화학무기 실험 바이러스가 아닐까
확진 감염으로 사망하면
병원은 바이러스 확산을 차단하려고
곧바로 화장터로 보낼 것이다

부고도 목숨을 건 조문객도 없는
인류에게 닥쳐온 삭막한 현실이다
문제는 백신이 없다는 것이다
향후 시대엔 바이러스와 전쟁이다
국경이 뚫려 참으로 안타까운 일이다
총칼이 아닌 백신을 찾아야 한다

독자가 희열을 느낄 만큼, 좋은
시(詩) 한 편 창작은 나의 백신이다

오욕汚辱의 강을 넘어

우울한 반세기를 지나
선거의 여왕으로 등극했지만
탄핵과 적폐 청산 회오리에 휘말린 참담한 황혼
빙하의 영어(囹圄)에서 지금
칼바람을 맞고 있다

가문(家門)의 영광도 사라지고
국부(國父)의 명예도 사라졌다
능욕의 풍자화(諷刺畵) 속엔
저주의 이야기만 흘러넘치고 있다

어려운 시대에 촛불 정부 탄생
경제는 국력 국력은 국민으로부터 나온다
우리는 야욕의 섬나라를 뛰어넘어야 한다

'적폐는 종합, 청산은 정치 예술'이다
반목되는 한(恨)의 정치 이젠 더는 없었으면
이쯤에서 법(法)을 초월한
음(陰)과 양(陽)의 조화로 풀었으면···.

자전적, 소요유의 유쾌한 세계 인식

문광영
문학평론가 / 경인교대 명예교수

　시인의 시적 대상은 천하에 있고, 시인은 그 주어진 천하를 장악하는 사람이다. 노자가 〈도덕경〉에서 도를 통하여 천하를 장악했다면, 나건주 시인은 『섬을 품다』를 통해 섬과 바다를 장악한다. 그렇듯 본 시집은 강화 예찬의 앤솔로지이며, 강화 체험의 사유와 정감을 생동감있게 엮은 비망록이다. 이순(耳順)의 나이에 들어 그의 자전적 회감 속에서 펼쳐지는 감성적 촉수는 유쾌한 유머나 애잔한 슬픔, 때로는 교감과 관조의 시어로 강화를 해부한다. 그래서 고통과 슬픔에 처한 메마른 삶의 긴장을 풀어주고 따뜻하고 훈훈한 정감의 세계로 그대를 안내해 준다.

나건주 시인은 인생 후반에 강화에 들어와 뒤늦게 시인이 되었고, 나름 건강도 되찾았다. 그에게 있어 강화의 섬과 바다는 '어머니의 평온한 가슴'이고, 그의 목마른 시심을 달래는 '옹달샘'이기도 하다.

소요유로서 강화, 그 시니피앙의 시심

　나 시인은 강화도라는 섬을 정서적으로 사유적으로 늘 품안에 두고 사는 시인이다. 그래서 그런지 본 시집의 이름처럼 다양한 강화도 지명과 풍물이며 유적, 역사, 특산품, 마을 등이 나타난다. 아래에 드러난 '해안도로'와 '석모도'를 비롯하여 고려산, 국화저수지, 국화리 마을회관, 불은면의 돌배나무 풍경이며, 전등사의 스님, 마니산 해송, 선두리포구 각시바위, 외포리 수살굿, 그리고 강화속노랑고구마 등 그야말로 다양하다.

　이들 시편에서 나 시인은 스스로 발칙한 붕(鵬)새가 되어 강화의 하늘을 날고, 또한 곤(昆)이라는 물고기가 되어 섬과 바다를 누빈다. 그토록 이들 강화도를 소재로 삼아 남다른 해석과 회감의 정은 물론 성찰의 대상으로 시심을 불태워 나가고 있다. 그러니까 어쩌면 본 시집은 강화 사랑이란 시니피에에 대한 다양한 아우라의 시니피앙으로 변주되고 있는 셈이다.

홍수에 떠밀려와 뿌리내린
모진 해풍 견뎌낸 팔백 살 은행나무(♂)
하염없이 서해를 바라보며
맺지 못한 시간의 열매를 기다린다

6·25 때 피난 온 새댁 노파가 되어
빨래를 널다가도 북녘 하늘 구름만 바라본다
폐업한 이미 몇 십 년 아직도 떼지 못한
빛바랜 연서 황해여인숙 32국 6881

뒤따라온다던 임 기다리시는지

〈황해여인숙〉 부분

위 시에서 나오는 '팔백 살 은행나무(♂)'는 황해도 북
녘땅을 바라보는 볼음도 바닷가 저수지 옆에 있는데, 둘
레가 9미터, 높이가 24미터의 거목이다. 열매가 열리지
않는 이 할아버지 은행나무(수나무)는 남북 이산가족의
아픔을 상징적으로 간직하고 있다. 약 800년 전 불가피
하게 홍수로 떠밀려와 북녘에 아내를 두고 내려왔다는데,
흔히 남편 나무라고들 한다. 여름에는 그늘이 좋고, 가을
엔 노란 단풍이 멋지고, 겨울엔 눈 흩날리는 광경이 정말
볼 만 해서, 이곳 주민들은 이 나무를 쉼터이자 배움터
요, 힐링의 공간으로 소중히 여긴다.
  화자는 이 나무를 '황해여인숙'의 간판에 병치시켜 '그

리움'의 시정을 펼쳐나간다. 곧 "빛바랜 연서 황해여인숙
32국 6881"이라는 간판은 묵을 손님을 기다리는 간판이
라기보다는 새댁 시절 북에서 피난으로 가족과 헤어져 지
금은 노파가 된 여인숙 주인의 기다림과 망한의 정인 셈
이다. "빛바랜 연서"의 암호와도 같은 전화번호가 마치
안테나처럼 북녘 소식을 기다리고 있는 듯하다. 북과 남,
양쪽 마을 주민들은 각각 정월에 풍어제를 지낼 때 헤어
진 부부 나무의 안녕을 비는 제사를 함께 지냈다는 기록
이 있다.

　일반적으로 그리움은 '무엇'이 '그 무엇'에 대한 지향성
으로 나타난다. 그리고 대개 '만남'을 전제로 이루어지는
것이 그리움인 것인데, 그 만남의 결실, 기쁨이 전제되지
않고 있다. 따라서 나 시인에게 있어 그리움은 왠지 애잔
하고 슬프다. 그의 시 속에서 그리움은 평범한 자아로서
의 생명적 지평으로 자연 속에서 합일을 이루고자 하는
원초적 회귀와 같은 성정을 지니고 있다.

　　가을걷이 들녘을 지나
　　휘어 돌아가는 해안도로 쉼터
　　들국화 에워싼 잔디밭에 홀로 커피
　　국화 향 묻어나고

　　저만큼 석모대교의 석양
　　검붉은 파도 아래 참 길이 있다며

온통 바다에 빠져든다
끝 간 데 하늘이 맞닿는 곳

저 불타의 서역만리 수미산까지

〈해안도로를 달리다〉 부분

짭조름 갯바람으로 석모도에 오르면
마애석불 눈썹바위 아래서 부처님 염화미소에
마하가섭처럼 깨달음도 얻을 수 있고
그 아래 어부가 건져 올린 23개 나한님을 모신
우람한 자연 석실은 어머니 자궁 같더라

〈강화도 소풍〉 부분

　시 〈해안도로〉는 석양빛 길을 다룬 시로, 불교적 상상
력이 배어있고, 시 〈강화도 소풍〉에서도 석모도의 정수사
의 역사와 풍경을 묘파한 시이다. "검붉은 파도 아래 참
길이 있다며 / 온통 바다에 빠져든다"고 하는 무한한 해
변의 길, "끝 간 데 하늘이 맞닿는 곳"까지 이어진다는
길의 상상력은 "저 불타의 서역만리 수미산까지" 다가간
다. 불교에서 말하는 수미산(須彌山)은 불교의 우주관에
서 중심에 있다는 거대한 산이자 신성한 영혼의 산이다.
화자는 그 영혼을 향해 순례하는 수평적 고행의 길을 바
로 해안도로로 보고 있다. 사실 강화도 해변의 길들은 모
두 바다로, 하늘로 이어지면서 뻗어있다.

이순(耳順)의 나이에 시인은 자신의 일상이 영원 무한한 길을 떠다니는 순례자로서 어딘가를 향해 길을 나서는 생의 과정임을 터득한다. 그리고 그 길에서 도달하는 영원한 종착지는 우주적, 종교적 지평임을 터득한다. 그러고 보면 시 〈강화도 소풍〉에서 다루어지고 있는 '소요유(逍遙遊'로서 다양한 자연 공간은 생의 여정을 반추하며, 우주적 합일로 소통하는 공간으로 처리된다. 그래서 석모도 보문사의 '마애석불 눈썹바위'는 깨달음의 성소로 드러나고, 나한님을 모셨다는 우람한 '자연 석실'은 원초적 '어머니의 자궁'으로 인식되는 것이다.

강화 토속 풍물시장
대를 이어온 꼬순내 참 들기름 방앗간
여주인의 해바라기 꽃 같은 미소도
톡톡 티는 강화 사투리도
찧고 빻아 맛깔나게 부드럽다

가을 깊어가는 섬마을 정서를
산초열매 한 됫박과 찌꼬빠꼬 눌러 짜면
구수한 시구(詩句) 졸졸 흐르겠지

〈찌꼬빠꼬방앗간〉 부분

시 〈찌꼬빠꼬방앗간〉은 강화 읍내에 있는 방앗간을 소재로 쓴 것이다. 참 들기름을 짜내는 조그마한 방앗간, '찌고빠꼬'라는 어의가 찧고 빻는 방앗간 기계음 소리로

들리는 듯 너무 재미있다. 여기에 "꼬순내 참 들기름"의 후각과 "여주인의 해바라기 꽃 같은 미소"의 시각, "톡톡 티는 강화 사투리"의 청각적 이미지가 중첩되어 깊은 시적 정감마저 느끼게 하는 것이다. 후반 시구에서처럼 "섬마을 정서를 / 산초열매 한 됫박과 찌꼬빠꼬 눌러 짜면" 정말로 온몸에서 우려나온 꼬순내 구수한 시구(詩句)가 졸졸 흐를 것 같다.

자아정체성을 향한 유쾌한 시정

  시를 쓰는 행위란 일견 온전히 본래적 자아를 찾아가는 여정이기도 하다. 레셀이 말한 것처럼 인간이란 뿌리 위로 난 나무와도 같은 것. 그렇게 누구나 인간은 나무처럼 자라서 가지를 뻗고 열매를 맺으며 자아의 존재 의미를 탐구해 간다. 이 성장의 과정에서 완숙해질수록 인간은 자아정체성에 기대어 자신의 뿌리를 회감한다. 그래서 모성애와 고향 회귀의 그리움은 시의 주요 소재로 등장한다. 모성과 고향은 자신의 생명을 탄생하게 하고 성장을 존속시킨 원형적 공간이며, 가족은 혈연으로 맺은 생명적 뿌리의 원천이 되는 곳이기 때문이다.

    객지에서 군 영장을 받고 집에 온 나는
    "엄마! 내가 몇 살인데 고무대야에 목욕하래?

내일 입대하는데 목욕탕에 갈 거야." 순간
엄마의 형용할 수 없는 눈빛에 그만 맡겨드렸다

"아이구, 이 녀석 때 좀 봐라."
하지만 엄마의 풍 맞은 팔, 힘이 없으시다
"엄마! 웬 힘이 이렇게 세, 아파 아~ 살살해."
"이것아, 팬티도 벗어 사타구니 닦게."
막둥이인 늦둥이는 고무대야에 비스듬히 누워
엄마의 늘어진 젖꼭지를 만지며
"흐흐 나도 이제 많이 커서 안 되지요~ 오."
"이 녀석 까불고 있어. 손 안 치워!"

다음날 새벽, 훈련소행 기차역
"주먹질 말고, 네 형처럼 잘하고 오거레이."

그날의 포옹이 엄마와 마지막이었다

〈엄마〉 전문

시 〈엄마〉는 모자지간의 정감을 담은 시이다. 이 시편
은 블랙 유머(black humor)와 더불어 엄마에 대한 슬픔,
그리움의 시정이 짙게 묻어나 있다. 군 입영 전날, 장성
한 아들을 아이 취급하며 고무대야에서 목욕시키려는 엄
마와 이에 반응하는 화자의 익살스러운 대화와 행동에서
폭소를 만끽한다. "이것아, 팬티도 벗어 사타구니 닦게."
하는 엄마, "흐흐 나도 이제 많이 커서 안 되지요~ 오."

하는 아들. 나아가 능청스럽게 젖꼭지를 만지는 아들의
행동과 "이 녀석 까불고 있어. 손 안 치워!"라는 대화에서
모자지간의 정감 서린 사랑을 읽게 되는 것이다. 그러다
가 다음 날 새벽 훈련소행 기차역에 마중 나와 "주먹질
말고, 네 형처럼 잘하고 오거레이."라는 말은 잊지 못할
유언이 되어 버렸고, 그 엄마와의 포옹이 영영 마지막이
되었다는 화자의 사연에서 눈시울이 붉어진다.

'엄마'라는 이름. 얼마나 정겨운가. 아마 화자는 살아오
면서 엄마가 자리에 계실 때는 몰랐는데, 잃고 나니 그의
빈자리가 너무 컸을 것이다. 누구든지 엄마란 사랑과 희
망의 불꽃을 끊임없이 피워 준 대지의 불씨다. 그 불씨를
피워 뜨거운 사랑으로 감싸 주고 밝은 빛으로 가는 길을
밝혀 준 엄마라는 이름, 그 모성애야말로 누구에게나 원
초적인 사랑이고 영원한 그리움으로 남을 수밖에 없다.
그래서 유년 시절의 고향을 찾고, 모태 지향의 어머니를
그리워한다. 나 시인처럼 회억적 시정으로 유년 시절의
고향을 찾고, 모태 지향의 어머니를 그리워하는 것은 자
기정체성 회복이나 자존감과 관련된 극히 자연스러운 시
정이라 볼 수 있다.

　　우리 집안은 김장하기 전, 며느리에게
　　친정 나들이를 다녀오게 한다
　　친정에 다녀와 기쁜 마음으로 김장을 하면
　　맛있는 김치가 되리라는 바람이었을 터,

'순결의 하얀 겹겹 치마들 시집가려는지
소금물에 절여지고 있다'

김칫독 통배추 사이사이에 통 무를
듬성듬성 바르게 세워둠은
김치의 맛을 시원하게 하려 함도 있지만
배추는 음(陰)이요, 무는 양(陽)으로서
'사내는 집안 여인을 지키라는 의미이다'

새끼줄에 숯을 김칫독에 두른 것 또한
잡귀와 세균을 막으려는 부적 의식이다

〈가문의 김장〉 전문

시 〈가문의 김장〉은 김치 담는 법을 쓴 시로 퍽 재미있
는 내용이 담겨 있다. 대개 초겨울에 담그는 김장김치는
지방마다 가문마다 그 레시피가 천차만별이기 마련이지
만, 이 화자의 가문에서 담그는 김장은 숨은 지혜가 있고
정신적 의미가 남다르다. 먼저 김장하기 전 '김치의 참맛
을 내기 위해 며느리를 친정에 보낸다'는 풍습이 아름답
고, 나아가 장독에 배추와 무를 넣는 모습에서도 음양의
조화와 철학이 읽힌다. 이렇게 단순한 김치 담그는 일에
도 깊은 의미가 숨어 있구나 하는 깨우침을 얻게 하는 것
이다. "통배추 사이사이에 통 무를 / 듬성듬성 바르게 세
워둠은 / 김치의 맛을 시원하게 하려 함도 있지만 / 배추
는 음(陰)이요, 무는 양(陽)으로서 / 사내는 집안 여인을

지키라는 의미"라 하니 깊은 공감이 간다. 어디 이런 가문의 김장 담그기가 단시일에 이루어진 것은 아닐 터이다. 또 가문마다 후대로 이어지면서 빚어낸 선조들의 삶의 지혜는 비단 이것뿐만이 아니고 다양할 것이다. 사실 삼라만상에 존재하는 것들마다 의미 없는 것은 없다. 한 인간 존재의 일상사의 무늬처럼 모든 자연과 사물은 존재들은 생명적 존재의 의미와 더불어 저마다 이야기를 지니고 있기 마련이다. 바로 이러한 숨어있는 내밀한 것들을 찾아 드러내는 사람이 시인이다.

> 하늘 높이 호버링하는 종달새
> 보리밭 내려 보며 지지배배 지지배배
> 얌체 같은 저 뻐꾸기 놈
> 애써 튼 내 둥지에 알을 낳다니
>
> 호주 의료 프리랜서 막내딸
> 글로벌 사위는 절대 안 된다 했더니
> 두 살 손녀 앞세우고 나타났네
>
> 함께 온, 엘살바도르 뻐꾸기 놈
> 내 눈치 살살, 몸 둘 바를 몰라 하네
> 종달새처럼 나도 지쳐 체념했을까
>
> 한 둥지 다문화가족 되었네
>
> 〈탁란(托卵)〉 전문

위 시 〈탁란(托卵)〉은 시인이 엘살바도르 사위를 맞이하게 된 사연을 재치있게 비유적으로 펼쳐지고 있다. 여기에서 화자 자신은 '종달새'로, 사위는 '뻐꾸기'로 치환되어 있다. 조류 가운데 뻐꾸기의 번식 습성은 아주 흥미로운데, 다른 새의 둥지에 자기 알을 낳아 부화시킨다. 이를 '부화기생', 흔히들 '탁란'이라고 하는데, 위 시는 탁란의 사례를 끌어와 무엇보다 딸을 빼앗긴 화자의 묘한 심리를 잘 형상화하고 있다. 시인 화자는 늘 호주에서 의료 프리랜서로 있는 막내딸에게 국제결혼은 절대 안 된다고 당부했다. 그런데 소식도 없다가, 어느 날 딸과 글로벌 사위가 '두 살 손녀'를 데리고 떡하니 나타난 것이다. 정식 결혼 허락도 받지 않은 사위라서 못내 서운해 하고 있는 터였는데, "함께 온, 엘살바도르 뻐꾸기 놈 / 내 눈치 살살, 몸 둘 바를 몰라 하네"라는 장면에서 화자의 미묘한 심리 표현이 아주 유쾌하게 읽힌다.

나 시인의 시편들을 읽어가다 보면 도처에서 퍽 감칠맛나고 익살스럽고 재미있는 시를 만난다.

> 딸내미가 엽서를 불쑥 내밀며 "아빠! 고대 나왔어?"
> 주방에 마누라 주책없이 끼어든다
> "고대는 무슨, 밤새 고스톱 치는 고우회지."
> "아빠! 고우회가 고려대학 아니야?"
> "너도 중학생이 되면 알겠지만, 고려대 고는 '높을
> 고(高)' 자이고, 그 엽서 고우회 고는 '옛 고(古)' 자로

서, 아빠, 청소년 시절 친구 모임이란다. 아빠가 지
금은 사업을 하지만, 청소년 시절엔 어깨 깡패들도
달아나는 태권도로 경기 북부에서 날렸었지. 보이스
카우트연맹 직업소년단원과 의정부 미군부대 병사들
도 지도했거든…."

〈고우회(古友會) 엽서〉 부분

　사무실을 뒤흔드는 전화 벨소리
"넷! 전차 정비과 서무계 나 병장입니다."
"뭐라고? 지금 당장 CP로 올라와,"

　근무병의 안내로 황급히 들어서는데
　새로 부임해 오신 대대장님 내 명찰을 보며
"자네, 관등성명 다시 한 번 대봐,"
"충성! 나 병장입니다."

　그런 나를 빤히 쳐다보시더니
　갑자기 씩 웃으시며,
"하긴 기갑 병장 대단하지만 말이야,
　성씨를 붙여서 나병장이라고 해,"
"넵! 나병장 알겠습니다."
<중략>
　전역 후에도 인연은 계속되어
　공장에 전무님이 결재를 받으러 왔다
"사장님, 결재 좀 부탁합니다."

나는 송 전무님의 손을 꼭 붙잡으며
"대대장님!
저와 둘뿐인데 말씀 편하게 하시지요."

전무님은 군 시절 그때처럼 씩 웃으시며
"그런데요. 사장님!
나 사장? 나사장?, 어떻게 불러야 하죠?"

"충성! ATMC 34기 나병장 문제없습니다
대대장님 편한데로 부르십시오."

〈나 병장과 나병장〉 부분

위의 두 시편 모두 자전적 체험을 바탕으로 쓴 시로 언어 유희적 요소를 살린 유쾌하고 재미있는 시이다. 그러니까 시 〈고우회(古友會) 엽서〉는 한자가 지닌 동음이의(同音異義)에서 오는 펀(pun)이고, 〈나 병장과 나병장〉은 장음(長音)과 단음(短音)의 발음에서 오는 동음이의의 펀(pun)에 의한 시이다.

pun, 곧 언어유희란 '말이나 문자를 소재로 하여 즐기는 놀이'라는 뜻으로, 거기엔 반전과 유머가 뒤따르기 마련이다. 〈고우회(古友會) 엽서〉에서는 세 개의 동음이의어가 등장한다. 곧 화자의 청소년 모임인 "고우회(古友會)"라는 명칭에 대해, 딸내미는 사학의 명문 "高友會", 곧 고려대 동창회로 보았고, 아내는 평가 절하하여 "밤새 고스톱 치는" 화투꾼 모임인 "고우회"로 본 것이다. 무엇보다 행복하고 단출했던 화자의 일상을 보는 듯해서 재미있고, 유쾌한 시정이 읽힌다.

　나아가 시 〈나 병장과 나병장〉에서는 "나"라는 일인칭과 "羅"라는 성씨의 혼돈에서 비롯된 에피소드가 pun의 유머시로 엮어지고 있다. "충성! 나 병장입니다"에서의 장음 처리와 "충성! 나병장입니다"에서의 단음 처리는 그 의미가 전혀 다르다. 아마도 당시 화자는 대대장이 호출할 때 "나 병장"이라고 무례하게 일인칭으로 관등성명을 댄 것 같다. 사실 글을 쓸 때 성씨의 경우 당연히 띄어 써야 하는 것이 맞다. 시에도 나와 있듯이 이런 인연은 전역 후에도 계속된다. 화자가 제대 후에 사업을 하였는데, 상사였던 대대장이 예편하여 화자의 회사로 들어와 전무라는 직책을 맡게 된다. 말미에서 "그런데요. 나 사장? 나사장? 어떻게 불러야 하나요?"라고 익살스럽게 호칭을 거론하는 대목에서는 아이러니의 미학을 읽게 된다. 병장과 대대장 간의 호칭과 관련된 에피소드도 재밌지만, 전역 후 사장과 전무로 생의 지위가 바뀐 전우지정의 장면에서도 훈훈한 정감이 다가온다.

자아 성찰과 생명적 지평의 아우라

　대저 시란 한평생 제 영혼을 헹구는 사람이다.
　서정시에서 자아는 세계와 완전한 합일, 곧 동일성의 시

관을 형성한다. 그리고 이때 세계는 자아의 감정이입이나 동화를 이루며 생명적 세계를 드러내기 마련이다. 그런데 나 시인은 여기에서 자연의 세계를 생명적 존재들을 자아 성찰의 대용물로 보고, 끊임없이 삶의 지평을 노래한다. 때로는 고독한 존재의 자화상으로, 슬픔과 기쁨의 군상으로, 그리움의 이정표를 삼아 내면을 드러낸다.

> 고려산 낙조봉 능선에
> 온몸 서걱대며 우는 남자를 본 적이 있는가
> 아픔이나 슬픔도 서로 어울려 기대면
> 저렇게 아름다운가
> 생(生)이란 낮은 지상에 발목을 묻고
> 그렇게 흔들리는 것이라고
>
> 〈억새〉 전문

  모든 생물, 피고 지는 것들은 저마다 의미가 있다. '고려산 낙조봉 능선'에서 남자처럼 우는 억새, 이는 곧 나 시인의 자화상이고 억새꽃은 바로 노년에 걸쳐있는 자아의 생이기도 하다. 생이란 바로 억새의 군상처럼 "낮은 지상에서 발목을 묻고 / 그렇게 흔들거리는 것"이라는, 대상의 속성, 생리를 통하여 완숙한 자아 지평의 세계를 열어나가고자 한다. 그래서 "아픔이나 슬픔도 서로 어울려 기대면", "저렇게 아름다운가"라는 반어적 미학의 의미를 부여한다. 그의 시 〈동백꽃〉에서도 온몸 던져 툭툭 송이째 떨어지는 동백꽃을

보고, "못 잊을 이승의 정"이라고 생의 의미를 부여하고 있
다. 나 시인은 곧잘 자연을 명상의 대상으로 삼는다. 자연
을 명상의 대상으로 삼는 이유는 그가 능동적 주체자로서
늘 일상을 사유적이고 깨어있는 자로서 적극적 삶을 살고
자하는 그의 생활 태도에서 비롯되는 것이라 볼 수 있고,
나아가 한동안 뒤늦게 두 다리의 무릎관절로 고생한 바 있
는데 이를 극복 재활코자 하는 기원의식의 소산이라 볼 수
있다.

　　삶의 깊이를 알기 위해서는
　　순백의 느린 몸짓을 해야만 하지
　　저 농부처럼 백로처럼
　　긴 다리 삼보일배 목줄 읊조려야하지

　　설산 둘레길 순례하는 고행자처럼

　　　　　　　　　　　　　　　〈백로(白鷺)〉 부분

　시 〈백로(白鷺)〉는 농부와 백로가 서로 모내기 끝낸 오
월 논 자락에서 먹거리를 위해 분주하게 활동하는 모습을
나란히 묘파하고 있다. 농부는 "물에 뜬 빠진 모를 건져 /
논바닥에" 심고 있으며, 백로도 역시 긴 목을 내밀고 논바
닥의 먹이를 찾기 위해 두리번거리면서 "콕콕" 움직인다.
농부와 백로가 각각 "흰 구름 한 번 죽 훑어 두리번두리
번", "앞뒤 곁눈질하면서"말이다. 마치 그 정경이 한 폭의

들판 풍경화 같아 깊은 정감이 가는 것이다. 이런 선경(先景) 뒤에 후정(後情)으로 깊은 의미를 도출해 낸다. 곧 결말부에서 "삶의 깊이를 알기 위해서는 / 순백의 느린 몸짓"과 "삼보일배 목줄 읊조려야"하는 삶을 통찰한다. "설산 둘레길 순례하는 고행자처럼" 말이다.

　선정(禪定)을 향한 몸부림
　아사나 집중은 커다란 침묵의 세계이며
　고요한 강물의 시간이기에
　마음과 호흡 하나 되어 유유히 흐른다

　초원을 달리는 야생마처럼
　훌쩍 뛰어넘는 후굴자세의 고양이처럼
　한 쌍의 유연한 나비처럼

　그 끈질긴 날갯짓으로
　유연하고 발랄해진 또 다른 나를 만나
　아늑한 불국정토에서
　야생의 춤 한껏 추어볼 것이다

〈재활 요가(yoga)〉 부분

　시 〈재활 요가(yoga)〉는 시인 자신의 요가 체험을 시로 나타낸 것이다. 요가는 자세와 호흡을 가다듬고 정신을 통일, 순화시켜 심신을 단련하는 인도 고유의 수행법이다. 이 요가의 원천은 자연에서 온 것인 바, 시인 자신의 몸과 마음을 자연의 흐름과 조화시키고자 하는 일상적 삶의 욕구가 발현된 것이다. 시에서 나오는 "아사나"는 그 강인함을 만드는 하나의 체위로 긴장과 스트레스를 풀어낼 수 있다. 시인은 "초원을 달리는 야생마처럼 / 훌쩍 뛰어넘는 후굴자세의 고양이처럼 / 한 쌍의 유연한 나비처럼" 야생의 춤을 추며 아사나의 동작을 수행해 간다. 그가 심신을 단련하여 도달코자하는 지점은 "불국정토(佛國淨土)"이다. 부처나 보살이 산다는 번뇌의 굴레를 벗어난 아주 깨끗한 세상, 하나의 종교적 성찰에 맞닿아 있는 것이다.

그의 심신 단련, 휴양, 재활 의식은 여기저기 일상 체험 이외에도 자연물과 인공물 등 다양한 소재를 통해서 형상화, 도출된다.

유난히도 긴 여름인가 했더니 날아든 붉은 가을 낙엽은 현실이었다. 나의 심혈관이 30년이나 앞서간다는 사실을 아내는 모른다. 심장내과 주치의는 보험공단 통계일 뿐이라고 하지만 모를 일이다. 사전에 하나씩 정리를 해둬야겠다. 먼저 25년 된 낡은 아파트 수리부터 해주자. 혼자 힘들어할 천사의 빛살무늬 아우라가 떠오른다.

<중략>

공사비를 절감하려고 가구와 살림을 실내에서 이리저리 옮겨가며 공사를 했다. 숨 막히는 먼지와 고약한 페인트 냄새 머리가 아팠지만, 뭔가 새로운 신

천지를 향해 허물을 벗고 창공을 날아가는 매미의
상상으로 공사를 끝냈다. 환골탈태한 실내가 깨끗해
져 기뻐할 아내에게 홀가분하다. 이제 또 무엇을 해
야 하나? 하! 나의 심혈관도, 문학적 시적 감각도
아파트처럼 싱그럽게 리모델링할 수가 있을까.

〈리모델링〉 부분

위 〈리모델링〉이라는 시편은 자신의 부천 45평 아파트
를 리모델링하면서 쓴 체험시이다. 리모델링 발단은 자신
의 심혈관에서 비롯된 것이다. 유한한 존재의 삶 속에서
심혈관의 악화로 인한 죽음의 망령은 언제고 불시에 찾아
올지 모른다. 미래는 늘 불확실한 것, 육체나 정신, 삶의
환경도 항상 리모델링하며 사는 지혜가 필요하리라. 그리
하여 화자는 먼저 "신천지를 향해 허물을 벗고 창공을 날
아가는 매미의 상상"으로 리모델링 공사를 해낸다. "환골
탈태한 실내가 깨끗해져 기뻐할 아내에게 홀가분하다"고.
나아가 이렇듯 "심혈관도, 문학적 시적 감각도 아파트처
럼 싱그럽게 리모델링할 수가 있을까"하면서 시적 비전을
제시한다.

지혜롭게 사는 인생은 주기적으로 리모델링하며 사는
삶이다. 세월이 급변하는 문명사회에서 육체와 정신적
사유는 말할 것 없고, 아파트도 그렇고, 자동차도 그러
할 것이다. 우주와 자연이 변모해 나가듯이 철학, 사상,
유행, 세대, 삶의 방식 등 바뀌어가지 않는 것은 없다.

내 삶의 원동력은 자신의 작동을 점검하고 상승시키는 것, 자기로부터의 변신, 변화의 능동적 주체자는 새로운 삶의 활력소를 갖게 한다. 이들 시에서 70년 지난한 세월을 살아온 시인 자신의 터득한 인생 철학의 단면을 볼 수 있다.

> 선녀가 빠트린 물거울에
> 붉고 노란 제 모습 보았는지
> 단풍나무 늘어뜨린 가지 사이로
> 솟구쳐 뽐내 키재기하네
>
> 한평생 물로 씻어 참회하면
> 저렇게 맑아지고
> 평생을 꼬리 흔들어 기도하면
> 저렇게 붉어지는가
>
> 〈황금연못〉 부분

나 시인은 삶의 본질을 물아일체, 자연친화의 도에서 찾고자 한다. 마치 노자가 인간의 길을 자연의 도에서 찾았듯이, 그의 시는 자연이 내뿜는 생명력에서 삶을 통찰하고, 자아를 관조, 성찰해 보는 거울로서 존재한다.

시 〈황금연못〉에서 소재는 연못의 '비단잉어'이다. 그가 관찰한 비단잉어는 선녀가 빠트린 물거울로 비유된 맑은 연못에서 "붉고 노란 제 모습 보았는지 / 단풍나무 늘어뜨린 가지 사이로 / 솟구쳐 뽐내 키재기"를 하고 있다.

그리하여 "한평생 물로 씻어 참회하면 / 저렇게 맑아지고 / 평생을 꼬리 흔들어 기도하면 / 저렇게 붉어지는가"하면서 존재 의미를 탐구해 나간다. 시적 창조의 시작은 대상의 관찰, 곧 '視'(보는 것)에서 출발한다. 어떤 대상을 집요하게 관찰할 때, 그로써 대상이 이전과 다르게 보일 때, 우리는 생소함으로 깜짝 놀라는 경험을 한다. 바로 화자는 비단잉어에서 자신의 삶을 반추해 보면서 자신의 존재 해석을 새롭게 내리고자 했다. 이렇듯 시인의 보는 대상에 대한 관찰이 집요해지면 그 대상도 무너지고 관찰하는 자신도 무너지는 단계까지 내몰린다. 익숙했던 대상에서 갑자기 생소한 점이 보이고, 그 생소한 낯선 발견이 주는 '깜짝 놀람'의 순간에 내심 철학적 시선이 작동하고, 한 편의 시가 탄생되는 것이다.

나 시인이 이토록 자연에 대한 생명적 자아 성찰의 시정을 토로하는 시적 연유는 어디에서 오는 것일까? 그것은 그의 고향이 시골이라는 여건을 지닌 데에서도 기인하지만, 평소 산하를 좋아하는 자연회귀의 천성이 지닌 남다른 감수성과 친화력에서 그 연유를 찾을 수 있을 것이다. 아니, 어쩌면 뒤늦게 강화에 귀촌, 정착하면서 심신을 휴양코자하는 도가적 삶에서 비롯되었을지도 모른다.

그러한 그리고 대상과 화자와의 감정이입은 늘 사물에 투사(投射)되거나 동화(同化)되어 완벽한 일체감을 이룬다. 그래서 서정적 화자가 된 시인의 시적 공간은 따스하고 평화롭고, 생명적 시상이 늘 함께 한다. 생명과 무생

명의 경계를 무화시키는 상상력과 경계 일탈의 시적 착상
은 그의 시작법에서 한 무기로 작용한다는 것, 여기에 그
의 특유의 시적 논리가 존재한다. 게다가 주변의 소재를
재치있게 정신(관념)의 이미지로 치환코자 하는 형이상적
사유나 타고나 감성의 힘인지도 모른다.

나건주 시집

섬을 품다

초판 1쇄   2020년 3월 20일

지은이   나건주
펴낸이   안혜숙
편집 디자인   임정호

펴낸곳   문학의식
등록   1992년 8월 8일
등록번호   785-03-01116
주소   우편번호 23028 인천시 강화군 강화읍 국화리 840-1 삼원아트빌 402호
          우편번호 04555 서울 중구 수표로6길 25(충무로3가 25-12) 501호(서울 사무소)
전화   02.582.3696
이메일   hwaseo582@hanmail.net

값 10,000 원
ISBN 979-11-90121-10-1